MARYSE MALIGNE

L'OMBRE DU PÈRE

Allongée sur le ventre, le bras tendu, Anna serrait l'un des barreaux de la chaise située à proximité du lit de cette sordide chambre d'hôtel. Elle ne cherchait plus à lutter contre la douleur qui étreignait son cœur.

Jamais elle n'oublierait l'atrocité de cette révélation.

Adelle était morte, assassinée!

Perte à la fois cruelle, injuste, insupportable et intolérable.

Elle fut prise d'une nausée soudaine et se précipita dans la salle de bains pour se débarrasser du peu de nourriture qu'elle avait avalée depuis le début de la journée.

Péniblement, elle revint s'installer sur son lit.

Assise en tailleur, la tête entre les mains, elle tenta de rassembler ses pensées.

Adelle était morte!

Le policier qui avait téléphoné ce matin avait donné peu d'explications.

- Vous êtes bien Anna Perchowich?

Elle était sortie de la salle de conférence en arborant le sourire fautif de celle qui avait omis d'éteindre son portable.

- Oui, c'est moi.

- Francis Damnio, capitaine de police à La Rochelle. Connaissez-vous Adelle Dal Pas?

- Parfaitement, nous vivons ensemble, pourquoi?

Le capitaine avait hésité un court instant.

- Parce que... votre amie est morte et il semblerait que ce ne soit pas un accident.

Anna se souvenait avoir ressenti une vive douleur dans le bas-ventre avant de s'évanouir.

Son travail de consultante internationale dans le domaine de l'autisme l'éloignait régulièrement de son domicile, laissant bien peu de place à sa vie privée. Cette fois, elle participait à une conférence censée apporter de nouveaux éléments sur les recherches en cours.

A la suite de son malaise, elle s'était réveillée allongée sur une banquette située à l'entrée de l'auditorium. Son collègue, le docteur Edoir, lui avait vivement déconseillé de prendre le volant, mais Anna s'était précipitée vers sa Mercedes et avait quitté la ville de Cannes en abandonnant la totalité de ses affaires.

Elle avait emprunté l'autoroute et largement dépassé les limites de vitesse autorisée. En proie à une profonde détresse, elle avait rappelé le commissariat mais le capitaine Damnio n'était pas disponible. A force d'insister, elle sut que le corps d'Adelle reposait au crématorium.

Elle allait devoir affronter la famille de sa compagne mais cela n'avait plus d'importance. Elle s'en foutait, elle se foutait de tout désormais.

La mère d'Adelle n'avait jamais accepté l'homosexualité de sa fille et elle tenait Anna responsable de cette malheureuse dérive, comme elle disait.

Adelle n'avait que 22 ans alors qu'Anna venait d'en avoir 38.

Elle repensa à ses parents et le sentiment d'une profonde solitude vint s'ajouter à sa tristesse. Elle n'avait plus personne, son père était décédé alors qu'elle n'était qu'une petite fille et sa mère l'avait quittée l'année passée à la suite d'une longue et pénible maladie. Maman! Elle éclata en larmes. Elle se leva et saisit un rouleau de papier toilette qu'elle posa près du lit après en avoir arraché quelques feuilles pour se moucher et s'essuyer les yeux.

Pourquoi fallait-il que tous les êtres auxquels elle tienne disparaissent les uns après les autres?

Elle se souvint de la voix joyeuse de sa compagne lisant l'extrait d'un livre:

« Dans l'approche bouddhiste, la vie et la mort sont perçues comme un tout: la mort est le début d'un autre chapitre de la vie et il faut se réjouir pour ceux qui tendent vers l'éternel recommencement. »

Il n'était pas question de sombrer dans la mélancolie, pas tout de suite. Elle devait rester forte et s'accrocher aux souvenirs heureux de sa vie passée, pour elle, pour Adelle surtout.

Elle se leva et se dirigea lentement vers la salle de bains. Ce jour était le pire de sa vie et malgré ses efforts elle ne parvenait plus à se raisonner. Pourtant, elle savait que les pires coups durs sont des épreuves susceptibles de nous aider à faire le bilan de notre chemin personnel mais, à ce moment précis de son histoire, Anna ressentait un vide incommensurable.

Elle aspergea son visage d'eau glacée et passa les mains dans ses cheveux courts et bouclés. Sa teinture châtain foncé et ses yeux couleur noisette rougis par les larmes faisaient ressortir la pâleur de son visage.

Si, à bout de forces, elle s'était arrêtée dans ce motel, c'est qu'elle espérait se reposer un peu. Sa mort ou, pire encore, celle d'autres conducteurs n'était certes pas la solution.

Épuisée, elle ferma les yeux et écouta sans broncher les lacérations douloureuses de sa souffrance.

Ce soir, elle n'avait plus la force de lutter.

Le long parking du funérarium ressemblait à un circuit automobile vide, triste et silencieux. Même la végétation semblait éteinte et Anna ne prêta pas attention aux tourterelles et aux moineaux qui virevoltaient çà et là autour du parcage. La seule chose qu'elle voyait était l'entrée du centre mortuaire. Elle grimpa quelques marches et se figea. Des hommes et des femmes aux yeux rougis se tenaient là immobiles, accablés par le chagrin, et parmi tous ces gens Anna ne reconnaissait personne. Elle balaya la salle du regard et aperçut un homme habillé de noir dont l'allure rigide, impassible, laissait à penser qu'il tenait une place particulière sur la scène de la douleur. Lentement, elle s'approcha de lui.

- Je suis venue pour Adelle Dal Pas.

L'homme posa une main sur son épaule avant de l'entraîner prudemment vers la sortie.

- Je crains que vous n'arriviez un peu tardivement.

Le regard interrogateur d'Anna le fit poursuivre rapidement à voix basse.

- Je travaille ici et je peux donc vous dire que la crémation du corps de mademoiselle Dal Pas est commencée.

Anna avait l'impression que sa tête allait exploser, elle se sentait défaillir. Jamais elle ne reverrait celle qu'elle avait tant aimée.

Doucement, elle se dégagea des bras robustes de l'homme qui venait savamment d'anticiper sa chute. Elle devait se ressaisir :

- Où est-elle ?

Il montra du doigt la direction à suivre.

- Porte B.

Elle bredouilla un semblant de merci et se dirigea vers la bouche de l'enfer.

Au moment même où Anna entra, le cercueil glissa dans le four et un cri de douleur retentit. Retenant ses larmes, elle reconnut la mère d'Adelle soutenue par son mari et alors que résonnait « Love Over Gold » de Dire Straits, elle se réfugia au fond de la salle bondée de monde.

Si on lui avait demandé son avis, elle aurait opté pour une interprétation de Maria Callas car c'était le genre de musique qu'elles appréciaient lorsqu'elles étaient ensemble.

Anna ne se sentait pas à sa place, apparemment aucune de leurs connaissances n'avait été prévenue et les regards posés sur elle lui semblaient antipathiques. Ce sentiment de malaise croissant devint rapidement insupportable. Elle sortit en jouant des coudes et en bousculant quelques personnes qui la fustigèrent d'un regard dédaigneux.

Elle courut à sa voiture. Elle tremblait de tous ses membres et ne parvenait pas à ouvrir la serrure de son véhicule.

- Pourquoi la terre tourne autour du soleil ?

C'était une voix d'enfant, une voix laconique qu'elle connaissait bien.

A présent il insistait en tirant la manche de son tailleur.

- Eh ? pourquoi la terre elle tourne autour du soleil ?

Il s'agissait de Lucas, le petit frère d'Adelle. Il avait 12 ans et était atteint d'autisme. Sa plus grande histoire d'amour était née grâce à lui. Trois ans auparavant, les parents de l'enfant avaient désespérément cherché un spécialiste pour effectuer un diagnostic quant aux possibilités d'acquisitions du jeune garçon. Anna était considérée comme une des meilleures expertes en ce domaine et bien que débordée de travail, elle avait fini par accepter de s'occuper de lui.

Comme toutes les autres personnes atteintes de ce handicap, Lucas faisait des efforts pour communiquer mais ignorait comment s'y prendre.

- Eh toi, dis-moi pourquoi elle tourne ?

Anna répondit doucement :

- A cause de la lune.

Des chaussettes blanches dans des sandalettes en cuir et un tee-shirt rouge rentré dans un short noir le rendaient trop apprêté pour un enfant de son âge. Sa chevelure plaquée faisait disparaître ses jolies boucles brunes. Anna le regarda s'éloigner. Il se tenait droit comme un « i » et marchait au pas militaire. Il continua à donner inlassablement la réponse à la même question avec le même ton monocorde.

- Pourquoi la terre elle tourne ? A cause de la lune.

Adelle aurait voulu le serrer dans ses bras mais elle savait que, pour lui, les gestes qui exprimaient les sentiments s'avéraient très difficiles à comprendre.

- Mademoiselle Perchowich ?

Elle se retourna.

Un homme brun, mince, de taille moyenne lui tendit sa carte professionnelle,

- Capitaine Francis Damnio. J'ai conscience que le moment est mal choisi mais je souhaiterais que nous puissions nous entretenir quelques instants, qu'en dites-vous ?

Elle jeta un bref coup d'œil à son visa avant de le lui rendre. Elle était épuisée mais d'une voix lasse donna son accord.

Il lui proposa de s'asseoir sur un des bancs mis à disposition, mais elle choisit de s'installer sur la bordure de l'allée à proximité du véhicule.

Anna poussa un profond soupir.

- Que s'est-il passé ? Expliquez-moi pourquoi aujourd'hui, j'ai le sentiment que ma vie est foutue.

- Nous avons retrouvé le corps de votre amie enveloppé dans un sac-poubelle au bord de l'autoroute A7. L'autopsie a démontré qu'il avait été projeté d'un véhicule roulant à pleine vitesse. Ce choc d'une violence extrême n'est pas à l'origine du décès.

Le visage blême d'Anna incita le capitaine à s'interrompre. Le tailleur gris dont elle était vêtue semblait trop grand pour elle et Damnio pensa qu'elle ne correspondait pas au portrait de la femme forte et dynamique qu'on lui avait décrit. En cet instant elle ressemblait plutôt à une petite fille à qui on vient de donner la correction du siècle. Les yeux emplis de larmes, elle l'encouragea à poursuivre.

- Continuez, je veux savoir.

Le capitaine chercha une cigarette dans la poche de sa chemise, il l'alluma et prit grand soin de ne pas croiser le regard d'Anna.

- Il semblerait qu'Adelle Dal Pas soit décédée suite à un manque d'oxygène dû à l'inhalation prolongée d'un gaz toxique. La mort a probablement été longue et douloureuse. Votre amie est sans doute restée lucide pendant...

- Pendant?

- Voyez-vous, je crois toujours qu'à force d'enquêter sur des morts violentes, je vais me lasser, que le pire est atteint, mais non! Le pire reste toujours à venir et je suis toujours là.

- Venez-en au fait!

Damnio écrasa sa cigarette et se racla la gorge avant de poursuivre.

- Votre amie a été violée, son sexe a été arraché.

- Non! Non! Non! Anna avait hurlé et maintenant la tête entre les mains elle suffoquait.

Profondément touché par sa détresse, le capitaine la prit par les épaules. Anna repoussa aussitôt cette main amicale et se leva pour aller s'adosser à l'arbre le plus proche. Elle passa ses mains humides dans ses cheveux.

- Qui a fait ça?

- Nous l'ignorons mais je dois vous dire qu'il s'agit du troisième meurtre en quelques mois. Apparemment, le meurtrier a utilisé le même procédé macabre.

- Je n'en ai jamais entendu parler.

- Nous avons préféré tenir ces informations secrètes par peur de semer la panique parmi la population.

- Qui étaient les deux autres victimes?

Samia et Lucie Ciran. Ces noms vous disent-ils quelque chose?

Anna réfléchit un court instant mais non, elle ne connaissait pas ces personnes.

Francis Damnio se leva et dépoussiéra son costume. C'était peine perdue, une partie de son pantalon blanc avait bel et bien viré au gris.

Il dissimula à peine sa contrariété. Il est stupéfiant de voir à quel point et même dans les situations les plus tragiques, les individus peuvent rester attachés à leur petite personne.

- Bon, je vais vous laisser tranquille mais il est possible que je reprenne prochainement contact avec vous.

Anna s'apprêtait à fournir une banale formule de politesse quant un flash l'immobilisa.

Le capitaine se retourna et bouscula l'individu qui venait de les prendre en photo.

- Connard! Donne-moi la péloche, dépêche-toi où je t'embarque pour outrage.

L'appareil suspendu en bandoulière autour de son cou, l'homme recula en levant les bras en signe d'abandon.

- C'est bon, je m'en vais, je m'en vais.

Avec mépris Damnio le regarda s'éloigner.

- Putain de merde, ces enfoirés ne respectent vraiment rien!

Il réajusta sa chemise en lin et devança la réponse à la question qu'Anna s'apprêtait à poser.

- Comme je vous l'ai dit, les deux autres victimes sont mortes de la même façon que votre amie. Il se pourrait donc qu'il s'agisse du même meurtrier, de quoi alimenter l'opinion publique pendant quelque temps. Il est d'ailleurs probable que vous représentiez un centre d'intérêt pour une certaine presse friande d'événements à sensation. Je vous conseille d'être prudente sur les propos que vous tiendrez.

Damnio arbora un air inquiet.

- Souhaitez-vous que je vous raccompagne, vous avez l'air éreintée.

Anna marqua son refus d'un signe de tête. Il lui restait une dernière chose à faire.

Elle se dirigea en direction du petit cimetière situé derrière le crématorium.

Les parents d'Adelle étaient seuls à se recueillir près de la petite tombe. Anna resta à l'écart. Elle pensait que sa présence pourrait être vécue comme un affront. Une photo d'Adelle se trouvait à jamais figée dans la pierre et elle pensa que son amie était vraiment d'une grande beauté. Beaucoup de personnes s'accordaient à penser qu'avec ses longs cheveux blonds bouclés, ses magnifiques yeux verts, elle n'aurait eu aucune peine à devenir mannequin. Cette pensée éclaircit son visage l'espace d'une seconde. Ce n'était pas du tout le genre de sa compagne. Elle n'aspirait qu'au calme et avait horreur de la foule.

Les parents d'Adelle s'étaient retournés.

Ils échangèrent un bref regard et s'écartèrent pour laisser une place à celle qui avait tant compté pour leur fille. Profondément émue, elle les rejoignit.

Romain se glissa près d'elle et de nouveau lui tira sa manche.

- Hé, pourquoi elle tourne ?

L'odeur de l'hôpital, l'odeur des médicaments. Tous ces malades errant sans but dans les couloirs. Bon sang, qu'il en avait marre !

Il ne leur adressait jamais la parole, il n'en avait rien à foutre. Il leur filait leurs médicaments et c'était déjà pas mal. Parfois, il modifiait les doses, ce qui donnait des résultats particulièrement amusants. Une fois, il avait trafiqué le contenu du pilulier d'un patient considéré comme particulièrement dangereux. Le type s'était enfui de l'hôpital et avait immédiatement agressé une petite fille.

Ha ! Il voulait soi-disant se soigner et ne prenait pas correctement son traitement ! Eh bien cette fugue fut sa dernière. La suite se résume à une condamnation illimitée en chambre d'isolement.

Son seul regret était que l'enfant ait survécu à l'agression. Lui, il aimait que les affaires soient rondement menées. Il y avait eu viol, certes, mais le sang n'avait pas coulé, du moins, pas assez à son goût.

Lorsqu'il repensait à cette histoire, il éprouvait un brin de nostalgie. Il aurait dû être là pour finir le travail.

Une patiente frappa à la porte en verre derrière laquelle il dégustait tranquillement son café. Madame Lizieu semblait tout droit sortir de son lit. Il faut dire qu'ici, lorsqu'on ne s'habillait pas soi-même, on restait toute la journée en charentaises et robe de chambre.

Elle n'avait pas la possibilité de se rendre chez le coiffeur et ses cheveux secs et roux laissaient entrevoir de larges racines couvertes de cheveux blancs.

D'un geste brusque, il ouvrit la porte.

- C'est mon anniversaire aujourd'hui, mon fils a-t-il téléphoné? demanda-t-elle d'une voix laconique.

- Non mais tu rêves! Si j'avais une mère comme toi, je ferais tout pour l'oublier. Allez... dégage, j'ai du travail!

La malheureuse repartit tête baissée, en traînant les pieds. Elle venait d'avoir 60 ans et son fils avait appelé trois fois depuis ce matin.

L'homme s'installa à nouveau dans son fauteuil, sa collègue n'allait pas tarder à le remplacer mais il avait encore le temps de feuilleter quelques pages du journal. En gros titre on pouvait lire: « L'ASSASSIN DE LA COTE OUEST! LE CARNAGE! »

Il y avait la photo de trois jeunes filles pas mal du tout. Il passa les mains sur son menton et tritura quelques-uns de ses boutons. Hum, une fois de retour chez lui, il allait se faire un plaisir de lire cet article. Alors qu'il retirait ses pieds du bureau, madame

Rabier entra dans la pièce et lui fit un large sourire.

- Salut Dimitrius, la journée s'est bien passée ?

Elle aimait bien son collègue. Pourtant, physiquement on ne peut pas dire qu'il s'agissait d'un play-boy. Il possédait des cheveux blond doré sur un visage trop blanc et son corps petit et potelé n'était pas à son avantage. Un peu de sport n'aurait pas été de trop et lui aurait sans doute donné meilleure mine. En tout cas, en ce qui la concernait, elle faisait très attention et, à l'aube de sa cinquantaine, elle pouvait encore prétendre enfiler sa robe de mariée.

Dimitrius répondit sur le même ton jovial. La journée s'était déroulée sans encombre. Puis il se montra soucieux,

- Au fait, comment va ta fille, n'avait-elle pas un rhume la semaine passée ?

- Ça va mieux, merci.

- Je me suis permis d'apporter des chocolats, tiens, c'est pour elle.

- Tu es adorable... vraiment... qu'est-ce que nous ferions sans toi ?

- Bah, c'est rien, tu sais à quel point j'aime les enfants. Au fait, le fils de madame Lizieu a téléphoné.

- Elle a dû être très heureuse non ?

Il haussa négligemment les épaules.

- Franchement, je n'en sais rien, j'ai essayé de la réveiller mais elle m'a fait comprendre qu'elle préférait dormir. Je la trouve de plus en plus étrange, pas toi ?

L'infirmière leva les yeux au ciel, ici, ce n'était pas les choses bizarroïdes qui manquaient. La semaine qui venait de s'écouler avait vu bon nombre de tentatives de suicides. Le travail en hôpital psychiatrique était vraiment difficile. Heureusement que Dimitrius était là pour remonter le moral des troupes.

Elle l'entendit siffloter dans la cour et entendit se refermer la lourde porte métallique. Elle contempla un instant la boîte de chocolats avant de la fourrer dans son sac à main.

Sa femme avait de la chance d'avoir un époux si prévenant.

Le docteur Edoir posa la valise d'Anna sur le siège arrière de sa Land Rover. Avant de démarrer il rajusta ses bésicles et passa sa main sur son crâne. Il était inquiet, cela faisait plusieurs jours qu'il essayait de la joindre sans succès. Il se sentait concerné par le drame dont elle venait d'être victime et il s'apprêtait à lui rendre visite. Il n'avait jamais été invité au domicile de sa collègue. Ils n'étaient pas particulièrement proches mais il appréciait sa franchise comme l'engouement qu'elle mettait à son travail. Elle lui avait souvent parlé de ses préoccupations concernant les travaux de rénovation de sa maison. Il savait que la bâtisse avait plus de trois cents ans et qu'à cause de l'humidité, certains murs menaçaient de s'effondrer. Les routes qui menaient chez Anna étaient étroites et un épais brouillard l'empêchait de voir à 10 mètres. Ce matin, il avait lu dans la presse qu'Adelle était la troisième victime, de ce qui semblait être l'œuvre d'un tueur en série.

Pourquoi diable s'en être pris à ces jeunes femmes ?

Ce genre d'individu pouvait se retrouver dans deux catégories : les psychopathes ou les tueurs fous. Les premiers avaient conscience de leurs actes, les autres non. Le journal avait donné peu d'indication, sans doute les journalistes avaient-ils l'ordre de ne pas entraver le cours de la justice.

Une lointaine lumière lui indiqua la direction à prendre. Son véhicule emprunta un chemin chaotique, il roulait au pas et restait concentré sur sa conduite. En l'absence d'un éclairage suffisant, le chemin devenait dangereux. En effet, les bordures quasi inexistantes risquaient, à tout moment, de l'égarer dans le marais.

Anna l'attendait devant la porte et serrait un vieux chandail autour de ses épaules. Ses yeux rougis et gonflés indiquaient qu'elle avait pleuré une bonne partie de la journée. Le docteur Edoir descendit de son véhicule et s'approcha en lui tendant sa valise.

- Si vous me les avez laissés pour que je vous paye le pressing, c'est raté!

Elle frappa la paume de sa main sur son front. Ils étaient tous deux partis à Canne avec la Mercedes, comment était-il rentré?

- J'ai pris le train mais rassurez-vous, la première classe est relativement confortable.

- Souhaitez vous entrer un instant?

- Avec plaisir oui.

Anna aurait préféré qu'il décline l'invitation mais elle n'osa pas le renvoyer. La maison respirait la propreté mais il faut dire qu'elle avait passé ces trois derniers jours à laver, cirer, repasser. Comme si cela pouvait l'aider à se débarrasser de toute cette merde qui encombrait ses pensées.

Elle se servit un verre de saint-émilion et en tendit un à son hôte.

Le docteur Edoir s'installa sur un magnifique canapé en bois et cuir fabriqué par Adelle. Il constata avec inquiétude la perte de poids de sa collègue. Elle n'avait jamais été très costaude mais si elle continuait ainsi, elle ne tarderait pas à flotter dans son jean.

Anna, laissez-moi vous dire comme je suis consterné par tout ceci.

Pas autant que moi docteur, pas autant que moi.

La police a-t-elle trouvé quelque chose?

Anna posa son verre sur une petite table en marbre et vint s'asseoir près de lui. Il s'agissait d'un homme grand et corpulent au physique plutôt rassurant. Elle réajusta son chandail sur ses épaules avant de répondre:

- Pas que je sache. Cependant ils pensent qu'Adelle connaissait le meurtrier.

Anna devança la question que le docteur Edoir s'apprêtait à poser.

- Toutes trois étaient des personnes sans histoires, les sœurs Ciran étaient en fac de droit où elles préparaient le concours de la magistrature.

- Dans ce cas les policiers ont-ils pu réunir des indices entre ces jeunes femmes et Adelle?

- Apparemment non! Je ne cesse de ressasser la même question: qui pouvait lui en vouloir au point de la tuer?

- Sans doute un déséquilibré. Mais vous savez, avec la politique actuelle qui consiste à fermer les hôpitaux qui accueillent des malades mentaux...

J'ai même appris récemment que les formations spécifiques aux infirmiers psychiatriques viennent de disparaître, alors si ça ce n'est pas une honte.

Edoir tenta de se ressaisir, il n'était pas là pour faire de la politique même si ce thème lui tenait à cœur. Depuis quelque temps il luttait pour que les soins des troubles psychiques se poursuivent dans de bonnes conditions mais il devait se rendre à l'évidence : les médecins psychiatres étaient de plus en plus rares et le suivi des malades se faisait de plus en plus à l'extérieur des hôpitaux. Conclusion, les traitements n'étaient pas suivis correctement et les crises de violence de certains sujets étaient fréquentes, au risque de mettre en danger le reste de la population.

Il poursuivit d'une voix douce :

- A mon avis, vous devriez arrêter de vous torturer l'esprit. Je sais à quel point il est difficile de perdre un être cher. Je sais aussi qu'il est inutile de chercher des réponses là où il n'y en a pas.

Anna se leva pour saisir son verre. Elle hésita, elle ne voulait pas blesser son collègue.

- Docteur, je sais que vous avez perdu votre fils l'année passée et je ne souhaite pas raviver des souvenirs pénibles.

Il fixa son attention sur sa main droite.

- Cela ne me gène pas d'en parler. Mais mon fils souffrait d'une maladie congénitale et nous savions que ses jours étaient comptés. Comme vous le savez, il n'avait que 16 ans... et...

Il se leva et s'approcha d'Anna:

- Ce que je voudrais vous faire comprendre c'est qu'il y a un réel danger à vivre dans le questionnement. La mort nous semble toujours injuste, elle l'est peut-être mais nous avons la chance de les avoir connus et cette idée doit suffire à nous réconforter. Vous comprenez?

Anna secoua la tête, cette réponse était loin de lui apporter un quelconque soulagement, elle souffrait et des idées mortifères envahissaient ses pensées.

- Raccrochez-vous à l'idée qu'elle est partie dans un monde meilleur mais qu'une partie d'elle est restée en vous à jamais.

Dans deux jours il y a la conférence avec les médecins de l'hôpital psychiatrique Kraft-Ebing. Je compte sur votre intervention.

- Mais je suis complètement paumée. Je risque de tout faire foirer.

Le docteur saisit promptement son blouson posé sur le canapé et après une rapide poignée de main se dirigea vers la sortie.

Il ne voulait pas laisser de place à un éventuel refus car il restait persuadé qu'une remise rapide au travail était une excellente thérapie.

- Je compte sur vous!

Il pesta avec humour sur la conduite de rallye qu'offrait sa visite et lui adressa un dernier salut auquel s'ajouta un coup de klaxon.

Anna réajusta son chandail sur ses épaules et regarda la voiture s'éloigner de façon chaotique.

Il fallait absolument qu'elle pense à faire remblayer le chemin.

Elle avait travaillé toute la nuit car elle voulait être au top pour cette conférence. Elle savait pertinemment que son équipe serait attendue au tournant.

Car, si en France l'autisme était encore considéré comme une maladie mentale, de nombreux pays avaient adopté le terme de handicap. Ce n'était pas qu'un problème de formulation car dès lors qu'on retenait la deuxième hypothèse, le mode de prise en charge utilisé devenait totalement différent. En clair, on ne cherchait plus à soigner l'enfant et sa famille par des méthodes psychanalytiques, mais à l'accompagner par la mise en place de techniques éducatives précises et appropriées.

Peu de médecins soutenaient ces pratiques et l'équipe d'Anna était régulièrement accusée d'utiliser des méthodes comportementalistes où seuls régnaient le bourrage de crâne et le conditionnement.

Elle pénétra dans la salle du palais des congrès. Sa démarche plutôt confiante ne laissait rien paraître du drame qu'elle venait de traverser.

Elle avait choisi un tailleur noir qui mettait en valeur ses jambes fines et musclées.

Elle monta sur l'estrade et serra les mains de ses proches collaborateurs. La salle était pleine et les regards qu'elle croisait exprimaient davantage de la curiosité que de la compassion. Si la presse s'était fait l'écho de l'assassinat d'Adelle, nul doute que les ragots s'étaient chargés du reste.

Josse, le directeur de projet, prit la parole, suite à un bref historique du service il demanda au docteur Edoir d'exposer sa vision scientifique sur le sujet.

Le médecin prit un micro et se leva face à l'auditoire.

- Nous pensons que l'autisme est un trouble envahissant du développement. Voyez-vous, lorsque nous prétendons que les personnes atteintes d'autisme ont un style différent du nôtre, cela signifie principalement que leur cerveau assimile d'une façon inhabituelle les informations sensorielles...

Anna avait des difficultés à se concentrer. Heureusement, elle maîtrisait parfaitement son sujet. Elle regardait le docteur Edoir avec tendresse. Il était l'exemple vivant que l'habit ne faisait pas le moine.

Son ventre proéminent, ses petites lunettes rondes posées à la cime de son nez lui donnaient un air plutôt débonnaire qui n'avait rien à voir avec le personnage. Après le décès de leur fils unique, sa femme l'avait quitté. Depuis, il vivait seul et travaillait comme un forcené. Son cercle d'amis semblait se limiter à ses collègues de travail.

Jean-Charles, le consultant en Espagne et en Italie, prit la parole à son tour pour évoquer la nécessité de la mise en place d'une stratégie éducative adaptée au handicap des personnes. Il projeta quelques vidéos et tenta de démontrer l'utilité des actions mises en place.

Enfin Anna exposa le travail réalisé auprès d'équipes éducatives en France ainsi qu'en Angleterre. Elle possédait un don d'oratrice tout à fait exceptionnel et était très appréciée pour cela. Elle alimentait son discours d'exemples cocasses qu'elles savaient rendre drôles ou tragiques selon le public concerné.

- Je me souviens d'un enfant qui secouait une petite fille dès qu'il l'entendait pleurer. Nous étions inquiets car elle était de petite taille et de santé fragile. A chaque fois, Jimmy jubilait. Il nous a fallu pas mal de temps pour comprendre que ce qu'elle représentait à ses yeux était un instrument de musique qui produisait un son qui lui plaisait. Un violon a fini par trouver grâce à ses yeux et il a laissé tranquille sa camarade. Comme vous le voyez, la résolution du problème s'est soldée sans médicaments.

Dans la salle un homme applaudit lentement. Cela sentait la raillerie à plein nez. Il se leva et prit le micro tendu par une hôtesse.

Il aurait pu se dispenser de se présenter car il était connu de tous. Il s'agissait du docteur Lier Berg, médecin chef de service de pédopsychiatrie de l'hôpital Kraft-Ebing.

- Je tiens à vous féliciter pour votre éloquence, mademoiselle. Il est toujours étonnant de constater quel effort d'imagination emploie les non-médecins pour critiquer l'utilité des soins. Dites-nous quelles sortes d'études est-il nécessaire d'effectuer pour conditionner son prochain ?

Elle préféra ignorer le sourire narquois de son interlocuteur et lui répondit d'un air grave :

- Docteur, je vois que vous abordez ce sujet le cœur léger, cela réconfortera sans aucun doute les familles qui se trouvent dans cette salle et qui recherchent des solutions à leurs problèmes.

Mais je vais répondre à votre question. C'est exact, je ne suis pas médecin, je n'ai fait qu'une modeste thèse sur le sujet mais la connaissance de plusieurs langues étrangères me permet d'aller voir ce qui se passe ailleurs.

Dites-moi, docteur, à quand remonte votre dernière conférence internationale ? A moins bien sûr que vous n'ayez pas reçu d'invitation ces derniers temps.

Anna avait touché un point sensible. La position du médecin chef qui consistait à intervenir dans le champ de la psychanalyse devenait minoritaire et faisait de moins en moins d'adeptes.

Piqué à vif, il posa le micro sur son siège et sortit du palais aussitôt, suivi de quelques comparses.

Josse lança un regard réprobateur à Anna et se racla la gorge avant de poursuivre d'un ton léger.

- On dirait que le travail en collaboration ne se fera pas aujourd'hui ! Je vous propose de continuer cette conférence en vous livrant les fruits d'une expérience réalisée aux États-Unis où je me suis rendu récemment...

Anna n'écoutait plus, son esprit était déjà ailleurs, avec Adelle. Demain elle irait se recueillir sur sa tombe.

Appuyé contre un pilier, un homme ne l'avait pas quittée des yeux. Il murmura une phrase que personne n'entendit :

- Ton tour viendra salope !

Maria se réveilla en gémissant. Une douleur à la tête la faisait horriblement souffrir. Elle avait si mal qu'elle ne parvenait pas à réfléchir.

Un rapide coup d'œil lui fit découvrir l'horreur de la situation.

Des crochets suspendus en alignement, l'absence de fenêtre et puis ce froid qui saisissait chaque partie de son corps. Mon Dieu ! Elle était dans une chambre froide.

Elle se jeta sur l'épaisse porte en acier et tenta désespérément d'en soulever la poignée. En vain, elle était prisonnière ! Alors elle hurla, frappa la porte à coups de pied, recula, hurla et hurla encore… combien de temps appela-t-elle à l'aide ? Personne ne le saurait jamais.

A bout de force, elle s'effondra, épuisée, le visage défiguré par les larmes.

Enfin, elle se souvint.

Elle s'apprêtait à partir à l'école pour chercher ses enfants quand un type qui se présentait comme un agent de l'EDF avait demandé l'autorisation d'entrer pour vérifier le compteur. Alors qu'elle fouillait dans un placard à la recherche d'un paquet de gâteaux, il l'avait rejointe. Elle se souvint d'un mouchoir posé sur sa bouche puis... plus rien. Qu'avait-elle fait pour mériter ça? Qui pouvait lui en vouloir? Pourquoi était-elle là enfermée?

Elle n'était qu'une simple mère de famille d'origine portugaise. Elle était trop enveloppée et à peine jolie, elle ne comprenait rien, on avait dû la prendre pour quelqu'un d'autre... C'était la seule explication possible.

Elle avait de plus en plus froid, elle ne résisterait pas longtemps.

Dans un sanglot, elle supplia et supplia encore.

Soudain une musique classique résonna dans la pièce, immédiatement suivie d'un bruit de moto, de circulation de véhicule, de bruit de course. Elle se boucha les oreilles mais cela ne servit à rien. Elle repéra les haut-parleurs ainsi que la caméra fixée au plafond. Alors elle implora une dernière fois avant de s'évanouir.

Quand elle se réveilla, le froid avait été remplacé par une chaleur insupportable, brûlante, elle hurla de douleur. Une sorte de gaz s'échappa des murs, elle ne pouvait plus respirer, elle chercha un support auquel s'agripper mais elle cassa ses ongles sur la paroi glissante. Elle tenta une dernière fois de ramper vers la porte puis s'effondra.

C'est alors que deux hommes entrèrent enfin. Ils la déposèrent sur un brancard avant de la jeter brutalement sur une table de boucherie.

L'un des deux individus lui retira ses vêtements et l'attacha bras et jambes écartés pendant que l'autre, plus jeune, la viola.

Maria réalisait à peine ce qui lui arrivait, seule l'horrible douleur qu'elle ressentait dans la poitrine lui signifiait qu'elle était encore en vie.

Juste avant qu'il ne l'enfonce dans son vagin, elle vit l'homme aux cheveux gris aiguiser un couteau de boucher en sifflotant.

Les cris qu'elle poussa avant de mourir n'avaient plus rien d'humain.

Le plus jeune fixa un instant le corps ensanglanté de sa victime et jeta un regard sur ses chaussures.

- Merde! Je crois bien qu'elles sont foutues!

Anna avait accepté à contrecœur de suivre Damnio au domicile des parents d'Adelle.

Le capitaine pensait qu'en l'absence sérieuse d'indices chaque idée serait bonne à prendre et qu'elle pourrait l'aider à dégager quelques pistes de réflexion. Autant dire qu'il se sentait totalement démuni et que l'enquête s'avérait des plus difficiles. Anna sentit sa gorge se serrer. Depuis l'aveu de sa liaison avec Adelle, elle n'avait jamais été la bienvenue et si elle avait suivi Damnio c'était uniquement grâce à l'attitude que la famille Dal Pas avait adoptée au cimetière. Dieu sait qu'Adelle avait tenté de convaincre sa mère de la sincérité de son amour pour Anna mais bien que les sentiments mutuels des deux femmes soient authentiques, la porte était restée close.

Madame Dal Pas attendait l'enquêteur et l'amie de sa fille sur le pas de la porte, elle murmura un inaudible bonjour et d'un élégant geste de main les invita à entrer.

Par le passé madame Dal Pas avait dû être très belle mais, la souffrance, les soucis accumulés au fil des années avaient eu raison de sa beauté. De sa jeunesse, elle n'avait conservé que ses magnifiques yeux verts dont sa fille avait hérité. Elle avait de longs cheveux roux remontés négligemment en chignon et portait une large tunique qui dissimulait à peine ses formes trop arrondies. Tout dans l'appartement respirait Adelle. Les photos posées soigneusement sur les meubles, des tableaux effectués par la défunte. Jusqu'au parfum d'ambiance qu'elle adorait et dont l'odeur faisait croire à sa possible présence.

D'une voix étranglée, Anna rompit le silence :

- Je ne serais jamais venue vous déranger si le capitaine Damnio...

Madame Dal Pas l'interrompit sèchement :

– Nous savons toutes les deux pourquoi vous êtes ici, ce n'est donc pas la peine de vous répandre en paroles inutiles.

Puis se tournant vers Damnio :

Mon mari enseigne le droit des affaires à l'université. Actuellement, il est en cours et j'ignore l'heure à laquelle il sera de retour.

Le capitaine se dirigea vers le canapé et lança un regard interrogateur à son hôte.

- Vous permettez ?

Elle s'adressa à tous les deux.

- Installez-vous, je vous en prie.

Damnio sortit un bloc-notes et un stylo :

- Depuis combien de temps étiez-vous sans nouvelles de votre fille ?

- Je ne voyais plus Adelle depuis environ deux ans, période qui correspond à sa décision d'aller s'installer chez mademoiselle Perchowich. Cependant depuis environ trois mois, elle nous téléphonait de temps à autre, elle disait qu'elle s'inquiétait pour nous. L'institutrice de Romain nous a également informés qu'elle rendait régulièrement visite à son frère dans l'enceinte de l'école. Chose que j'ignorais totalement.

- Lors de vos divers entretiens téléphoniques, a-t-elle mentionné des faits particuliers? A-t-elle parlé de ses amis ou de ses projets?

- Elle m'a juste dit qu'elle avait un travail important en vue concernant son activité professionnelle. Une lueur de fierté inonda son regard. Elle restaurait des meubles anciens, vous le saviez?

Il hocha la tête de façon affirmative.

- Elle ne vous a pas fait part de la naissance de nouvelles relations dans son entourage privé?

- Non. Sa vie se résumait à... elle jeta un rapide coup d'œil à Anna avant de poursuivre... à son travail.

- Vous confirmez, mademoiselle Perchowich?

- Je voyage beaucoup et lorsque je rentre à la maison nous préférons passer du temps ensemble.

Anna réalisa qu'elle venait de parler au présent.

La tension devenait si insupportable que, d'un bond, elle se leva.

- Excusez-moi, il faut que je sorte.

Elle dévala les escaliers et ouvrit la porte brusquement avant de s'adosser au mur de l'immeuble. Elle ne parvenait plus à respirer. La perte d'Adelle faisait ressurgir d'anciennes angoisses qu'elle pensait enfouies au plus profond de son être. Elle se souvint qu'à la mort de sa mère elle avait souffert de symptômes identiques.

Et puis, il y avait ce vide omniprésent. Le sentiment qu'une partie d'elle-même était à jamais détruite et que rien, jamais, ne pourrait réparer.

Cette fois il n'y avait aucune reconstruction possible. Pour cela, il lui aurait fallu du courage ; or, jour après jour, elle sentait ses forces l'abandonner.

Au bout de quelques instants, Damnio la rejoignit.

- Vous allez bien Anna ?

D'un hochement de tête, elle acquiesça. C'était la première fois qu'il l'appelait par son prénom, elle pensa qu'il devait plaire aux femmes. Il ressemblait à Al Pacino. De plus, il avait une coquetterie dans l'œil qui lui donnait un air de beau ténébreux.

Il s'éloigna pour écouter la messagerie de son portable. L'air préoccupé, il composa un numéro de téléphone. Elle n'entendait pas la conversation mais face à l'agitation dont faisait preuve le capitaine, elle comprit que quelque chose de grave venait d'arriver.

D'un pas décidé, il se dirigea vers elle :

- Venez, je vous raccompagne chez vous.

- Que se passe-t-il ?

Le visage blême, il répondit :

- Il semblerait qu'un autre meurtre ait été commis.

- Je viens avec vous.

Dans votre état, je doute fort que ce soit une bonne idée, allez, on y va!

Non!

Pendant un instant, il scruta l'air déterminé d'Anna et elle pensa qu'il devait la trouver belle. Ils échangèrent un long regard puis il baissa les yeux.

- Bien, puisque vous y tenez, c'est d'accord mais je vous demanderai de faire preuve de discrétion.

Le corps de la quatrième victime venait d'être découvert sur la plage d'Yves par des touristes et d'après les renseignements de ses collègues, il était dans un triste état.

Damnio roulait comme un fou. Cette histoire commençait à le dépasser complètement et s'il ne trouvait pas rapidement des indices sérieux, ses supérieurs ne tarderaient pas à lui retirer l'affaire. Et ça, il n'en était pas question! Il n'était peut-être qu'un petit flic de province mais il avait sa fierté et il était bien décidé à mener sa barque jusqu'au bout de l'aventure. Il faut dire que cette histoire tombait plutôt mal. Il était en plein divorce et un peu de vacances lui auraient reposé les méninges. Bah! De toute façon il n'était pas envahi par le chagrin, entre sa femme et lui, cela faisait longtemps que ça ne fonctionnait plus. Les horaires et le reste... Mieux valait regarder la vérité en face: il était soulagé.

Il sortit un paquet de cigarettes de sa poche et le tendit à Anna:

- Vous fumez?

- Oui mais jamais en voiture. Merci.

De plus, son intuition lui disait que la femme assise à ses côtés avait un rôle central dans cette histoire et son instinct de flic ne le trahissait jamais.

Et dire qu'elle était lesbienne ! Il lui adressa un regard flatteur, un coup dur pour la gent masculine !

Lorsqu'ils arrivèrent, une vingtaine de policiers étaient déjà sur place. Damnio demanda fermement à Anna de ne pas s'approcher du périmètre de sécurité. Elle aperçut des journalistes en quête de contourner l'interdit valable pour eux aussi.

Elle attendait depuis plus d'une heure dans la voiture lorsqu'elle aperçut un homme dont le visage était défiguré par l'angoisse. Il était accompagné de trois enfants. L'aîné devait avoir 13 ou 14 ans. Elle vit le capitaine s'entretenir avec lui, sans doute le tenait-il informé de la situation. L'homme courut comme un fou en direction du bunker mais les policiers l'empêchèrent de passer.

Visiblement à bout de nerf, il s'écroula à genoux sur le sable et sanglota en levant ses yeux vers le ciel.

Le spectacle était insoutenable. Sans réfléchir Anna quitta le véhicule pour rejoindre le capitaine. Quelle sotte ! Une nuée de journalistes bondirent vers elle et la fusillèrent de questions. Damnio lui saisit le bras et la poussa dans la voiture. Son ton était glacial :

- Vous aimez les mouches à merde on dirait.

- Merci pour la merde, c'est agréable.

- Bordel de merde quand on vous dit un truc, vous pourriez quand même essayer de le respecter, merde !

Décidément, merde était l'expression favorite du capitaine. Elle capitula.

- OK, j'ai eu tort, je vous demande de m'excuser, ça vous va ?

Il ne répondit pas mais sa mine renfrognée signifiait qu'il ne décolérerait pas de sitôt, ce n'était pas le moment de le questionner.

Anna respecta le silence imposé par son conducteur.

Parmi les journalistes, elle avait surpris un visage qui ne lui était pas inconnu. Un individu qu'elle avait déjà vu quelque part. Mais où ?

Non, décidément, elle ne se souvenait pas.

Damnio la déposa à son domicile sans dire un mot et elle pensa qu'en plus d'être rancunier il était particulièrement impoli.

Elle était épuisée. Depuis la mort d'Adelle, elle ne parvenait plus à trouver le sommeil. Le docteur Edoir lui avait prescrit quelques calmants. Non seulement ils étaient inefficaces mais en plus ils lui provoquaient un terrible mal de tête. Et puis elle avait l'impression que son cœur battait la chamade de façon anormale. Bon! Ce n'était pas le moment de craquer!

Elle se força à avaler une tartine de pain au fromage et se servit un verre de bordeaux. Elle écouta un disque de la cantatrice Maria Callas et soupira à l'idée qu'auparavant ce genre de soirée aurait suffi à son bonheur.

Assise en tailleur sur le canapé, elle tenta de rassembler ses pensées. Tout s'était passé si vite!

Rien ne démontrait qu'il existait un lien entre le meurtre d'Adelle et les sœurs Ciran. Le quatrième corps retrouvé sur la plage allait-il apporter des éléments nouveaux et alimenter la théorie du tueur en série?

Et s'il existait un fil conducteur, quel était le mobile?

Qui avait intérêt à ce que ces personnes disparaissent?

A qui ces morts rapportaient-elles?

Anna était persuadée que si sa compagne avait eu des soucis, elle les aurait partagés. Elles avaient une grande complicité et, souvent, un simple échange de regard suffisait à signer un accord. Jamais Adelle n'aurait pu cacher un fait important à moins qu'au prime abord, elle n'ait jugé que ce fût un détail sans importance.

Anna devait absolument trouver quelque chose qui permette à Damnio d'amorcer l'enquête. La jeune femme ne pouvait pas être morte en vain. Cette seule pensée lui était insupportable.

Elle avala un cachet d'aspirine et posa sur un plateau le reste de la bouteille de vin et ses calmants. Elle jeta un coup d'œil agacé à la pile d'imprimés posée sur le boudoir. Ces derniers temps, elle n'avait pas été très vigilante concernant les factures liées à l'activité de sa compagne et elle ne se faisait aucune illusion sur l'acharnement dont ne manqueraient pas de faire preuve les pouvoirs publics.

La nuit venait de tomber et elle n'était pas certaine que, dans l'atelier, l'électricité fonctionne encore. Elle s'acharna sur le tiroir bloqué de la commode et finit par glisser sa main dans l'interstice pour saisir la lampe électrique.

Le lieu de travail se situait à l'autre extrémité de la propriété. En traversant l'immense parc, elle pensa qu'en confier l'entretien à un établissement pour personnes handicapées était une excellente idée. Les employés du centre avaient à cœur d'entretenir les nombreux arbres fruitiers et de rendre l'endroit à la fois paisible et harmonieux.

Elle poussa la porte et, dès son entrée dans la pièce, reconnut l'odeur familière du bois longtemps travaillé.

Elle se souvint des jours heureux et de la passion qu'Adelle mettait à son travail. Sans elle ce lieu était vide de sens. Elle éclaira les meubles de style Louis XVI. La plupart étaient en rénovation, qu'allait-elle bien pouvoir en faire ? Anna s'installa sur une chaise de dentellière au dossier abondamment sculpté de motifs géométriques et religieux.

En cet endroit, elle ressentait enfin un peu de paix. Elle était une femme qui avait aimé une femme, il n'y avait rien d'anormal à ça. Tomber amoureux pouvait arriver à n'importe qui, n'importe où, n'importe quand.

Elle absorba un calmant et but d'un trait un autre verre de vin. Elle fredonna une chanson :

« Je donnerais ma vie pour te rejoindre
Et que nos corps de nouveau s'étreignent...
Si la vie est si fragile
L'amour, lui, ne meurt jamais »...

Anna finit par sombrer dans un sommeil perturbé. Le visage d'Adelle défiguré par les larmes la suppliait de l'aider jusqu'au moment où son corps commença à se consumer. Anna voulait courir vers elle mais ses jambes se dérobaient sous son poids et elle ne parvenait plus à respirer.

Une gifle lui fit brutalement ouvrir les yeux et, hébétée elle fixa les flammes, était-elle encore en train de rêver?

Une deuxième gifle plus forte lui donna une réponse définitive à sa question. Damnio la souleva comme un sac et courut vers l'extérieur de l'atelier. Il la déposa délicatement sur la pelouse. Elle avait des difficultés à reprendre son souffle. Au loin, le bruit d'une sirène de pompiers semblait se rapprocher. De hautes flammes entouraient l'atelier de toute part. Le capitaine la fixa un bref instant et elle lut dans son regard l'inquiétude et la colère qui l'animaient.

- Vous êtes complètement folle, vous vouliez vous tuer ou quoi?

Anna passa ses mains dans ses cheveux, elle se sentait très affaiblie.

- Je ne me souviens pas d'avoir fumé et il n'y avait qu'une lampe électrique...

Il l'interrompit sèchement.

- Je ne vous parle pas de ça.

A présent les pompiers, munis de lance à eau, tentaient d'étouffer le feu qui prenait de l'ampleur et menaçait de s'étendre.

Damnio la saisit par le bras et la força à se lever. Elle continuait à cracher ses poumons plus que de raison.

- Venez avec moi, heureusement, ils ne s'en sont pas pris à votre maison. Mais bon Dieu, qu'est-ce qui vous a pris de picoler.

Anna lui lança un regard incrédule. Sans doute avait-il aperçu la boîte de médicaments ainsi que la bouteille de vin et pensait qu'elle était la principale coupable de l'incendie.

Il l'accompagna dans sa chambre et lui ordonna de s'allonger.

- Je vais téléphoner à un médecin.

- N'en faites rien!

Face à son air soupçonneux, elle insista:

- Je vous assure que je n'ai pas voulu mourir.

- Vous ne réfléchissez donc jamais aux conséquences de vos actes?

Elle se redressa. Le fait qu'il vienne de lui sauver la vie ne lui donnait pas le droit de lui parler sur ce ton.

- Veuillez cesser vos propos en demi-teinte. Je n'ai nullement besoin d'un donneur de leçon figurez-vous.

- Excusez-moi de vous avoir sauvé la vie.

Elle posa ses mains sur son front et lissa ses cheveux en arrière.

- Pardon, je suppose que je devrais vous être reconnaissante. Puis-je savoir ce qui vous a poussé à me rejoindre?

- Lorsque je vous ai laissée tout à l'heure... Il jeta un coup d'œil à sa montre... ou plutôt devrais-je dire hier au soir... Bref, je suis allé boire un verre et j'ai réfléchi à mon attitude... oui, bon, j'admets que je suis peut-être allé un peu trop loin et je voulais vous présenter des excuses.

- A une heure aussi tardive?

- J'ai fait le pari que vous étiez comme moi insomniaque et que je ne risquais pas de vous déranger. Je venais à peine d'emprunter le chemin quand j'ai aperçu les flammes. Vous avez de la chance que je sois un brave type.

Encouragé par le faible sourire d'Anna, il s'installa sur le rebord du lit.

- Vous n'êtes pas responsable de l'incendie, j'ai la preuve formelle qu'il a été déclenché de l'extérieur. Quelqu'un a versé de l'essence autour de la maison et a craqué une allumette. C'est aussi simple que cela.

Elle était sous le choc. On avait voulu la tuer mais pourquoi ?

- Si vous ne vous sentez pas la force de rester ici, je pourrais...

D'un geste de la main elle coupa court à une éventuelle proposition.

- Je suis ici chez moi, personne ne m'en chassera.

Comme vous voudrez, mais acceptez quand même que je demande à un policier de rester ici.

Elle hocha la tête en signe d'acquiescement.

Il quitta la chambre un instant pour revenir avec un tissu humide et entreprit de la débarbouiller. Elle n'avait pas réalisé que son visage était noir de cendre.

Elle éclata de rire ct lui retira le mouchoir des mains.

Le capitaine se pencha vers elle et l'embrassa sur le front.

- Reposez-vous maintenant, je vous téléphone bientôt.

Elle l'interpella :

- Damnio !

- Oui.

- Merci.

Il lui sourit et avant de fermer la porte ajouta:

- Attention, je ne serai peut-être pas toujours là pour vous surveiller.

Elle pensa que dès qu'elle se sentirait mieux elle filerait sous la douche mais elle commença à réfléchir et s'endormit sans trouver la moindre réponse à ses questions.

Pourquoi Adelle?

Pourquoi elle?

Et cette sollicitude de Damnio? N'avait-il pas compris qu'Adelle et elle... Non ce baiser sur le front ne voulait strictement rien dire.

Il brossa ses cheveux gras en arrière et se contempla un instant dans le petit miroir installé contre la pile de livres posée sur le bureau. Il n'avait jamais aimé son physique. Il était blond et sa peau laiteuse ne risquait pas de faire fantasmer les filles. Et ce, surtout qu'une acné persistante parsemait une bonne partie de son visage. La seule chose qui lui plaisait chez lui, c'étaient ses yeux. Des yeux bleu clair, qui surprenaient tant ils paraissaient transparents. Ce n'était déjà pas si mal!

Aujourd'hui, il était d'une humeur de chien et pour cause!

Il avait raté son coup et jamais auparavant une telle chose ne s'était produite.

Cette petite garce aurait dû rôtir aussi aisément qu'un poulet sur la broche. Pourquoi faire simple quand on peut faire compliqué? Surtout qu'une balle en plein cœur aurait tout aussi bien fait l'affaire. Mais le contexte semblait si propice qu'il avait eu envie de se faire plaisir.

Un lieu paumé, une femme seule et désespérée... Quand il l'avait aperçue à travers la fenêtre de l'atelier, il avait été séduit par l'idée de la regarder brûler vive.

Il repensa à sa stratégie et ébaucha un sourire. Il avait planqué sa caisse en amont du chemin puis avait roulé à vélo jusqu'à la demeure de la bourgeoise.

Si seulement ce sale flic ne s'était pas pointé !

Il était très ennuyé. Il aurait tant voulu être en mesure d'annoncer la mort de cette fille. C'était un cadeau qu'il aurait souhaité faire à un proche et il était aussi déçu que le jour où on lui avait livré un discret 38 spécial à la place d'un gros colt 45.

Une voix féminine le tira de ses réflexions.

- Il y a quelque chose qui ne va pas Dimitrius ? Tu as l'air bizarre.

Il se sentait las et terriblement déprimé mais tenta un court instant de faire bonne figure.

- Si si... Enfin... non... tu as raison. Je suis nase ! Je pense qu'il serait préférable que je retourne chez moi. Il est possible que je couve une saloperie. Pourrais-tu assurer ma permanence ? Je te revaudrai ça. Je peux travailler à ta place une partie du week-end si tu veux.

L'infirmière arbora un large sourire :

- Vu sous cet angle, tu peux rentrer chez toi, sans problème.

Dimitrius la remercia et se rendit dans la chambre de garde pour troquer sa blouse blanche contre un blouson de cuir noir. Depuis combien de temps travaillait-il en psychiatrie adulte ? Une quinzaine d'années environ. La seule chose intéressante c'est que ce job lui offrait une bonne planque pour le maintien de sa respectabilité.

En réalité, il n'avait jamais voulu être infirmier. Il avait longtemps caressé le rêve de devenir médecin. Seulement voilà, après trois échecs en seconde année de médecine, ses espoirs de réussite s'étaient envolés. Il décrocha le combiné du téléphone posé sur la table de chevet et composa nerveusement un numéro.

- Allô ? Oui, c'est moi... tu es au courant... la prochaine fois je te promets...

Mais son interlocuteur raccrocha sèchement mettant fin à toute forme de discussion.

Dimitrius se sentit envahi d'un sentiment de honte et de colère mélangées. Il sortit en claquant la porte de la chambre de garde et bouscula violemment un patient qui déambulait tranquillement dans le couloir.

Sans prendre la peine de se retourner, il traversa la cour et grimpa sur sa moto avant de démarrer en trombe. La vue d'un camion de police le força à ralentir et il roula prudemment jusqu'à son domicile.

Il vivait dans un immeuble situé dans un quartier rupin à proximité du bord de mer. Cependant de son balcon, seules les tours en béton ornaient le paysage.

A cette heure de la journée, son fils aîné âgé de douze ans se trouvait à l'école et l'odeur de lait qui s'échappait de la cuisine laissait à penser que sa femme préparait le biberon du dernier-né.

Marie-Noël Lorenzo était une petite blonde méchée, de petite taille avec des hanches beaucoup trop larges.

Le nourrisson réclamait son repas.

Il entra et lui somma de faire taire le braillard.

A peine surprise par la haine qui déformait le visage de son époux, elle chercha une issue. Elle n'eut pas le temps de réagir, une première gifle la projeta contre la table avant qu'une seconde ne la fît s'écrouler sur le sol. Le biberon éclata sur le carrelage de la cuisine, faisant du même coup redoubler les hurlements de l'enfant.

Là il la roua de coups de pieds et quitta la pièce.

Elle ne bougea plus jusqu'à ce que le rugissement de la moto ne se perde dans le lointain. Lorsque enfin, brisée de douleur, elle parvint à se relever, elle sortit le petit enfant de son landau et le serra contre son cœur.

Ce n'était pas la première fois qu'il s'en prenait à elle.

Anna avait retourné la maison sens dessus dessous à la recherche d'éventuels indices. Sa fouille s'était avérée infructueuse mais quelques photos oubliées ravivaient à présent certains de ses souvenirs. Elle essuya quelques larmes et ôta sa robe de chambre pour une tenue correcte avant de quitter la maison.

Elle ne pouvait se résigner à rester les bras croisés alors qu'à présent sa propre vie était menacée. Un malade se trouvait là dehors et elle était bien décidée à lui faire la peau. Elle avait toujours cru en la justice mais, cette fois, elle était concernée et cela suffisait à lui faire perdre tout sens moral.

Elle avait contacté le docteur Edoir dans l'espoir qu'il pourrait l'éclairer sur le profil psychologique du tueur. Il avait immédiatement accepté et ils devaient se retrouver au abinet de consultation du psychiatre.

e policier affecté à sa sécurité insista l'accompagner mais elle déjoua habile- proposition en expliquant que Dam- rerait sans doute qu'il reste pour a maison. Comme il hésitait, elle

- Si le tueur me cherche, il est probable qu'il vienne ici et je tiens beaucoup à ma maison. C'est tout ce qu'il me reste, vous comprenez?

Ses talents de persuasion n'étaient plus à prouver. Quand cela s'avérait nécessaire, elle n'hésitait pas à user de sa petite larme magique comme de son pouvoir de séduction.

Elle était courageuse, déterminée et n'avait aucune envie de traîner un poids mort.

Au téléphone, la voix du docteur Edoir lui avait semblé étrange mais sans doute était-il tout simplement concentré sur son travail. La plupart du temps, à l'annonce du diagnostic, les parents étaient très choqués et une aide psychologique devait rapidement être mise en place pour les aider à faire face aux difficultés.

La ville de La Rochelle était bondée de monde, une foule de manifestants brandissaient des slogans contre la baisse du pouvoir d'achat et Anna dut se résoudre à se garer à l'extérieur du centre-ville. Elle marcha une bonne demi-heure avant d'arriver à son rendez-vous.

Dès que la secrétaire ouvrit la porte, elle comprit que l'entretien allait être différent de celui qu'elle avait imaginé. Des journaux, avec sa photo en première page, s'étalaient sur le bureau. D'un signe de tête elle salua ses collègues et s'installa dans un fauteuil en cuir sans en attendre l'invitation. De toute façon ils ne s'étaient pas donné la peine d se lever pour la recevoir.

Elle arbora un air faussement jovial.

- Josse! A ce que je vois, c'est un guet-apens.

Elle regarda Edoir dans les yeux avant de poursuivre d'un ton cynique :

- Merci de m'avoir prévenue, c'est très sympa.

Josse étendit ses longues jambes et croisa ses bras. Comme toujours il était sapé en aristocrate. Josse Leroy de la Finandière était issu d'une très vieille famille. Il avait beau ne pas se raser, porter des écharpes d'un blanc douteux sur des vestes en cachemire, il était clair qu'il était de la haute et qu'il adorait ça.

La conversation menaçait de claquer sec.

- Tu as lu les journaux ?

- Non, je n'ai pas eu le temps !

- Les journalistes semblent t'avoir choisie pour cible et ta vie privée est livrée en pâture.

- Au fait ! Viens-en au fait !

Anna comprenait parfaitement où Josse voulait en venir avec son air de faux-cul. Il se dressa et prit un ton indigné.

- Parce que toi, il n'y a rien qui te gêne ?

Elle bouillonnait. Elle se leva et se posta en vis-à-vis.

- Je vais te dire ce qui me gêne ; ce qui me gène, c'est qu'un type comme toi fasse de l'homosexualité une maladie honteuse.

- Mais tu n'y es pas du tout ! Ça va plus loin que ça. Ils parlent de ta liaison avec le capitaine qui couvre l'affaire.

Anna éclata d'un rire nerveux :

- Ramassis de conneries.

Il se rassit et tenta une autre méthode.

- Ok, je suis disposé à te croire et puis d'ailleurs ta vie privée ne me concerne en rien, cependant je souhaiterais que tu te mettes au vert pendant quelque temps, à la dernière conférence tu as perdu ton sang-froid et...

- Je suis virée, c'est ça?

Josse se racla la gorge et se redressa sur son siège. Visiblement la situation le rendait mal à l'aise.

- Parlons plutôt de suspension provisoire de contrat.

- Cette manière de procéder est totalement illégale.

Le mot NUL traversa l'esprit d'Anna et elle lança à son supérieur un regard qui l'incita à se justifier.

- Putain, mais rends-toi compte de la merde dans laquelle tu nous mets. C'est la réputation du service qui est en jeu et tu connais le système de nos investissements. C'est en grande partie du mécénat et tu le sais parfaitement.

Anna passa sa main sur son front et lissa ses cheveux en arrière.

Tout cela était un faux procès et elle n'avait franchement pas besoin de ça en ce moment. Traîner son patron au tribunal? Elle n'en avait pas la force. Ses économies devraient lui permettre de tenir trois, quatre mois tout au plus. Galère!

Elle fixa Josse dans les yeux:

- Je suppose que je n'ai pas le choix?

Les bras ballants, il soupira un peu trop bruyamment,

- Je suis désolé, j'aurais voulu que tout ceci se déroule autrement.

Il se dirigea vers la porte et, au moment de quitter la pièce, se retourna :

- Si je peux faire quelque chose pour toi !

- Laisse tomber !

Le docteur Edoir semblait tendu. Les mains croisées sur son bureau, les yeux baissés, il n'avait pas prononcé un seul mot. Anna était persuadée qu'il avait lutté pour qu'elle conserve son travail.

Ses différends avec Josse ne dataient pas d'hier et, d'ailleurs, elle ne comprenait pas pourquoi il l'avait en ligne de mire.

Elle mettait beaucoup d'énergie dans son travail et il était tout à fait possible qu'il se soit imaginé qu'elle n'ait d'autres objectifs en tête que celui de lui piquer son poste. Difficile d'imaginer ce qui se passait dans la tête des gens. D'ailleurs elle avait constaté à maintes reprises que plus les individus occupaient des fonctions importantes, plus ils s'isolaient et plus la paranoïa risquait de les gagner.

Edoir ferma son agenda et se leva :

- Venez Anna, je vous invite à déjeuner.

- Merci mais je peux encore me payer un repas.

Il la prit par les épaules et la dirigea vers la sortie.

- Mais non ! je suis heureux de vous inviter, voilà tout !

A vrai dire, cela faisait plusieurs jours qu'elle n'avait pas pris un repas correct.

Aujourd'hui encore elle n'avait fait que grignoter quelques biscottes dans un bol de café, alors finalement cette invitation était une bénédiction.

Sur le vieux port, des inconnus allaient et venaient d'un pas tranquille. Anna appréciait particulièrement cet endroit qui respirait la liberté et le bonheur de vivre. Ils passèrent le porche de la grosse horloge et admirèrent un instant les bateaux amarrés près du quai. Il régnait un soleil printanier qui les incita à s'installer en terrasse.

Le docteur Edoir commanda un whisky, Anna préféra un jus de fruit, ce n'était pas la peine de risquer une nouvelle migraine.

Leurs voisins de table, deux hommes d'une quarantaine d'années, les observaient et Anna surprit une pointe de curiosité dans leurs regards. Il est vrai que leur couple jurait quelque peu. Vêtue d'une robe légèrement moulante et de bottes en cuir, elle faisait beaucoup plus jeune que son âge ; quant au docteur Edoir, le moins que l'on puisse dire c'est qu'il ne se souciait pas le moins du monde de son apparence. Anna avait tout de suite repéré la tache sur son pantalon crème ainsi que les faux plis de sa chemise d'un noir plutôt passé.

- Qu'allez vous faire maintenant ?

Elle était touchée par sa sollicitude et elle savait qu'elle pouvait compter sur lui.

- La nuit dernière, quelqu'un a essayé de me liquider.

Vous plaisantez je...

Elle l'interrompit plus brutalement qu'elle ne l'aurait souhaité.

- Ecoutez, actuellement, j'ai toutes les peines du monde à garder la tête froide. Je vous ai téléphoné car j'ai besoin que vous m'aidiez à réfléchir. Quatre meurtres ont été commis et j'ai beau tourner et retourner les différents éléments de l'affaire dans mon esprit, je ne parviens pas à trouver quelque chose qui fasse lien entre ces crimes. D'après Damnio, le capitaine chargé de l'enquête, les sœurs Ciran étaient de brillantes étudiantes, sans histoires, issues d'une famille plutôt aisée. Madame Da Silva était une mère de famille ordinaire, assez impliquée dans les activités scolaires de ses enfants. Son mari était instituteur. Quant à Adelle et moi, j'ai beau fouiller dans ma mémoire, je ne vois pas qui pourrait nous en vouloir au point de nous tuer. Le capitaine Damnio pense que nous avons affaire à un tueur en série... les meurtres sont horribles.

J'ai lu les journaux et malheureusement pour les familles des victimes les faits sont largement développés.

Le serveur vint prendre leur commande. Anna jeta un regard autour d'elle, ses voisins de table étaient partis laissant leur place à un groupe d'étudiants dont les chuchotements et les coups d'œil intrigués lui indiquèrent qu'ils l'avaient reconnue.

Depuis que sa photo était parue dans « Sud-Ouest » elle était devenue une célébrité. Elle baissa ses lunettes de soleil sur son nez et commanda une salade.

Le docteur Edoir passa ses mains sur son crâne. Elle l'avait toujours connu chauve et se demanda de quoi il aurait l'air avec des cheveux. Ce serait sûrement pire et il avait bien fait de se raser.

- A mon avis, ce tueur a effectivement un mobile. Cependant vous devez garder à l'esprit que sa logique n'est pas la même que la vôtre, son raisonnement est avant tout celui d'un esprit perturbé. Il s'est façonné ses propres règles et n'obéit qu'à une seule loi, la sienne. Il est imprévisible et c'est ce qui le rend sans doute particulièrement dangereux.

- J'ai beau réfléchir, je ne vois pas ce qui, dans mon comportement, aurait pu déclencher un sentiment de haine.

Le visage du docteur se renfrogna:

- Ou bien je ne m'exprime pas correctement ou vous ne m'écoutez pas. Je vous dis que vous devez faire fonctionner votre pensée en intégrant le fait que vous avez en face de vous un esprit malade. Cet individu vit probablement dans un monde irréel où seuls ses fantasmes ont de l'importance. La plupart des psychopathes sont des paranoïaques en puissance. Ils se sentent persécutés et ne supportent pas qu'il puisse exister une autre vision du monde que la leur.

- En partant de votre hypothèse, j'ai peu de chance de trouver le meurtrier.

Le serveur apporta les plats et adressa un sourire à la jeune femme qui ne le remarqua pas. Elle était totalement déconcertée par les propos d'Edoir.

- Je dis seulement que vous devez rester sur vos gardes. Vous avez raison de penser que vous représentez une menace pour l'assassin. De plus, je ne voudrais pas vous effrayer mais je pense que nous avons affaire à quelqu'un sans état d'âme et qui n'éprouve aucun sentiment de culpabilité.

Elle avait des difficultés à assimiler les propos du docteur Edoir car jamais, de toute son existence, elle n'avait pensé qu'elle deviendrait une menace pour son prochain. Le scepticisme d'Anna encouragea le médecin à poursuivre.

- En fait, seule la pratique à long terme de ce type de personnalité peut permettre à son entourage de suspecter une pathologie.

- Si je comprends bien, cet individu pourrait être une personne de ma connaissance.

Edoir acquiesça et continua son discours avec ferveur:

- Les traits essentiels du paranoïaque résident dans une logique faussée par un postulat initial et dictée par une affectivité perturbée qui brouille toutes perceptions objectives de ses rapports avec les autres.

Le docteur se lança dans des concepts psychiatriques assez complexes qu'Anna fit mine de comprendre. Elle pensait avoir retenu l'essentiel et avait des frissons dans le dos à l'idée qu'elle puisse connaître le meurtrier. Edoir avait l'air passionné par ce sujet et argumentait ses propos avec ferveur. Elle s'était trompée sur son compte. Il était beaucoup plus concerné par les comportements humains que ce qu'elle pensait. Jusqu'alors elle l'avait toujours considéré comme un homme sympathique, certes, mais peu intéressé par les problèmes autres que ceux liés à l'autisme.

Il avait fermement l'intention de l'aider et elle pouvait compter sur lui.

Elle pensa que la vie réservait bien des surprises et que, parfois, des personnes qu'on connaissait à peine, prenaient une importance presque capitale dans notre existence. Anna aimait la notion d'interdépendance entre les êtres. Une sorte de chaîne magnétique qui faisait croiser et se décroiser certains chemins de vie.

Elle fit part de cette pensée à Edoir. Il lui répondit que vue sous cet angle, il devenait possible que la vie ait un sens.

Ils terminèrent leur repas dans un doux parfum de spiritualité et ignorèrent les regards curieux que les promeneurs posaient sur eux.

Assis derrière son bureau, Francis Damnio dépliait ses trombones les uns après les autres. Il attendait la visite du procureur d'un instant à l'autre. Monsieur Quercy avait la réputation d'être un faux-cul de première et il s'attendait au pire. Heureusement, la magistrature française n'obéissait pas aux mêmes règles qu'aux Etats-Unis et les juges n'avaient pas la possibilité de se présenter aux élections. Cependant, et si leur intégrité n'était pas à mettre en cause, certains étaient pressés de faire carrière. Quercy avait une trentaine d'années, ses cheveux roux et bouclés, ses taches de rousseur ainsi que sa petite taille venaient contrarier ses allures de jeune pédant et prétentieux. En fait, au premier abord on tendait à le comparer à un môme à peine sorti de la pouponnière. Il entra sans prendre la peine de frapper et tendit sa main molle à Damnio avant de s'installer sur la chaise habituellement réservée aux invités. Il fit claquer ses mains sur ses cuisses.

- Je ne vous demande pas où en est votre enquête, nous savons tous qu'elle n'avance pas d'un pouce!

Ce type était vraiment très con et Damnio pensa qu'il était probablement impossible d'être aussi con.

- Avec tout le respect que je vous dois, nous parlons d'une enquête où il y a eu des meurtres, pas d'un vol à l'étalage.

Le sourire à peine dissimulé du capitaine agaça passablement son interlocuteur.

- Ne prenez pas ce ton avec moi. L'heure n'est pas aux plaisanteries de mauvais goût ! Votre lenteur, ou devrais-je dire votre incompétence, éclabousse la police tout entière. Alors je vous pose officiellement la question. Avez-vous quelque chose de tangible à me proposer ?

Damnio s'acharna de nouveau sur ses trombones.

- Anna Perchowich !

- Quoi Anna Perchowich ? Soyez plus précis, je vous prie.

- Il n'est pas absurde de supposer que l'individu qui a essayé de la tuer soit un tueur en série.

- Et quelle preuve avez-vous ?

Le capitaine écarta les trombones d'un revers de main.

- Les empreintes de pas retrouvées près de chez mademoiselle Perchowich sont les mêmes que celles laissées près du corps de madame Da Silva.

- Et encore ?

- Je pense qu'Anna est la clef de l'affaire qui nous occupe, elle représente une menace et il est possible qu'elle en sache plus que ce qu'elle veut bien nous dire.

- Anna, hein? Dois-je comprendre que vous êtes devenu intime? Et dois-je vous rappeler que vous êtes policier et que vous menez une enquête.

Quercy fixait Damnio et seul son ton ferme trahissait sa colère. Encore un peu et il allait faire dans sa couche.

- Je vois que monsieur le procureur lit les journaux.

- Je vous répète pour la dernière fois de ne pas prendre ce ton avec moi.

Damnio devait modérer ses propos mais cette espèce de couille molle avait le don de lui faire monter la moutarde au nez.

- Je vous prie de m'excuser. Cette jeune femme est homosexuelle.

Quercy ne sembla pas étonné et d'un geste de la main l'encouragea à poursuivre.

- Je suis certain qu'Anna Perchowich va nous conduire au meurtrier d'une façon ou d'une autre.

- Serait-il possible qu'elle soit à considérer parmi les suspects? Que la tentative de meurtre sur sa personne ne soit qu'une mise en scène?

Damnio leva les bras avant de les laisser tomber sur son bureau. A présent, il était censé avoir réponse à tout.

- Franchement je n'en sais rien. C'est moi qui l'ai aidée à sortir de la cabane en flammes et elle semblait réellement dans les vapes. Non ceci me semble peu plausible.

- Alors quoi?

- Alors je me dis qu'elle en sait plus que ce qu'elle veut bien nous dire.

- Et que comptez-vous faire?

- Ne pas la lâcher d'un pouce! J'ai l'impression qu'une relation de confiance s'installe entre nous et je vais tenter de trouver la faille.

- Où est-elle actuellement?

Le capitaine massa son front d'une main appuyée.

- Elle a réussi à se débarrasser du policier que nous avions affecté à sa surveillance!

Le téléphone sonna et coupa net les reproches du procureur qui n'allaient pas manquer de s'abattre.

A l'annonce de la nouvelle, Damnio poussa un soupir de soulagement.

- Ok, faîtes-la patienter.

Il posa le combiné avant de s'adresser au procureur.

- Si vous n'allez pas aux nouvelles, les nouvelles viennent à vous. Anna Perchowich patiente dans le hall.

- Je dois vous avouer que je suis entré dans ce bureau avec la ferme intention de vous retirer l'affaire et je reste sceptique sur vos méthodes.

Quercy ressemblait à un instituteur en pleine rétention de bons points.

- Néanmoins, je veux bien vous laisser une dernière chance mais attention, au moindre faux pas, vous vous retrouverez à faire du classement dans un placard. Me suis-je bien fait comprendre?

Damnio devança le procureur en se levant le premier. Ce dernier lui donna une poignée de main qui manquait toujours de fermeté.

Le capitaine commençait une véritable course contre la montre. S'il ne trouvait pas rapidement quelques indices sérieux on lui retirerait le dossier. Jamais une enquête ne l'avait pris aux tripes à ce point-là et, en réalité, ce qui l'incitait à aller de l'avant dépassait de loin son professionnalisme, il y avait autre chose. Une chose qu'il n'était pas encore prêt à admettre et qui ne tarderait pas à se révéler.

Il enfila sa veste en cuir et dévala les escaliers du commissariat, serrant au passage quelques mains de collègues tout aussi pressés.

Anna se tenait debout au milieu de la salle d'attente qui ressemblait à un hall de gare. Sa robe la rendait terriblement sexy. Était-il possible qu'elle puisse ignorer l'effet qu'elle provoquait sur la gent masculine?

Leurs regards se croisèrent et elle s'excusa:

- Je suis passée prendre quelques nouvelles de l'enquête mais vous avez certainement mieux à faire...

- Pas du tout et, de plus, j'ai envie de faire une pause. Je vous invite à prendre un café?

- Non merci, j'ai très peu de temps car je suis conviée à un vernissage.

Elle hésita avant de poursuivre.

- Pourquoi ne viendriez-vous pas?

- Damnio éclata de rire.

Franchement, je crains d'être un piètre compagnon, je ne connais rien en peinture.

- Justement, vous apprendriez et au pire vous pourriez toujours boire une coupe de champagne. Le centre social est à deux pas.

- Vous m'avez convaincu ! Il l'invita galamment à le devancer. On est parti !

Après le repas que lui avait offert le docteur Edoir elle s'était brusquement souvenue de son invitation au vernissage de Rose Lyoret. Rosy était une amie et dans son domaine elle commençait à avoir un certain succès. Anna aimait ses tableaux. On y devinait plus de joies que de peine, plus d'espoir que de lassitude. Elle savait mesurer l'équilibre entre le spontané et le réfléchi et, à travers ses paysages comme ses portraits, elle avait le don de faire découvrir les aspects les plus secrets de la réalité.

Lcrsqu'ils arrivèrent, Damnio comprit qu'Anna se trouvait là en terrain conquis. Elle le présenta rapidement à deux ou trois personnes qui lui prêtèrent à peine attention. Il saisit une coupe de champagne et commença à faire le tour de la galerie.

Ouais ! C'était bien le genre de truc qui le faisait chier ! Il ne comprenait absolument pas ce qu'il y avait de chouette dans toutes ces peintures.

Alors qu'il se postait devant une toile, une main se posa sur son épaule :

- L'homme des sables ! Moi aussi je l'aime bien.

Anna ne quittait pas le tableau des yeux.

- Pourquoi ?

- Pourquoi quoi ?

- Pourquoi l'aimez-vous ?

Elle lui offrit un sourire bienveillant.

- Observez attentivement son regard. Au-delà de l'imitation du modèle, Rosy a réussi à extraire l'essence même de cet homme. Ne trouvez-vous pas que des qualités invisibles sont mises en lumière?

Il se rapprocha d'un peu plus près. De ce portrait voilé, on ne distinguait que le haut du visage et il n'aurait su dire ce qu'il lisait dans ses yeux mais il n'y était pas indifférent. Il se tourna vers elle, son beau visage semblait marqué par l'anxiété. Il n'eut pas à la questionner sur ce qui clochait.

- Rosy n'est pas ici et personne ne l'a vue de l'après-midi.

- Nous allons l'attendre, à quelle heure se termine cette expo?

- Vers minuit.

Quatre heures à poireauter dans cette galerie, il risquait l'overdose.

- Vous avez l'air exténuée. Je réside en ville et j'excelle tout particulièrement dans la préparation des pâtes. Mes origines italiennes sans doute. Allons-y, nous reviendrons plus tard.

Anna jeta un dernier regard autour d'elle. Rosy était une personne très solitaire et il était possible qu'elle se soit réfugiée quelque part en attendant que la foule s'estompe.

Pendant quelques secondes elle hésita à répondre. Ce type était un peu fruste mais gentil et puis elle n'avait pas le courage de retourner chez elle. Son frigo était vide et sa soirée risquait de se résumer à une crise d'angoisse assortie de quelques verres d'alcool.

Elle accepta donc timidement la proposition du capitaine.

Lorsque Rose se réveilla, elle reconnut l'odeur familière de térébenthine mélangée à l'effluve discrète de l'huile de lin.

Un frisson la parcourut et elle se rétracta en chien de fusil. Elle était entièrement nue. La pâleur de son corps contrastait à peine avec le carrelage et seuls ses longs cheveux roux tranchaient avec la blancheur de la pièce. Elle avait peur d'ouvrir les yeux. Elle savait qu'elle avait été kidnappée et vu le sort réservé aux dernières victimes, elle s'attendait au pire. Tout s'était passé si vite !

Et elle ne pouvait s'en prendre qu'à elle-même ! Combien de fois s'était-elle répétée qu'elle devait faire réparer la portière de son véhicule ? N'importe qui pouvait s'installer sur la banquette arrière et attendre tranquillement son retour.

Elle était devenue une proie facile pour son agresseur qui n'avait eu qu'à attendre qu'elle se penche pour mettre la clef de contact. La seule chose dont elle se souvenait se résumait à la forte odeur d'un tissu imbibé de chloroforme. Ensuite, plus rien, le trou noir.

Elle avait de plus en plus froid, elle s'assit et se força à observer le cadre morbide de sa prison. L'image d'une chambre froide lui traversa l'esprit. Elle n'avait pas tort car en levant les yeux ses doutes furent entièrement balayés. Les crochets où jadis des cadavres d'animaux étaient suspendus avaient été conservés.

Elle aurait hurlé de terreur si, au fond de la longue pièce étroite, elle n'avait aperçu un chevalet supportant une toile vierge. Elle se leva et saisit un tube d'huile de lin posé sur une petite table avant d'ouvrir l'album qu'on avait pris soin de déposer sur une palette au milieu d'un assortiment de pinceaux. Un seul visage en recouvrait les pages, celui d'Anna.

Un grésillement la fit sursauter, le son provenait des angles du plafond. Une voix à la fois rauque et autoritaire retentit dans la salle.

- Choisissez un modèle et peignez !

Près du haut-parleur, Rose remarqua une minuscule caméra. Elle était observée !

Elle tenta de refréner le sentiment de panique qui s'emparait d'elle. Son ravisseur voulait quelque chose et tant qu'il ne l'aurait pas obtenu elle resterait en vie.

Elle fixa la caméra mais sa voix tremblante trahissait sa détresse.

- Rendez-moi mes vêtements !

- Pas question !

- Je suis gelée !

- Tant mieux !

- Avez-vous l'intention de me laisser mourir de froid et de faim ?

- Reculez au fond de la salle.

Rose revint à sa place initiale. Un cliquetis émana d'une porte qui semblait condamnée et quelqu'un dont elle ne vit pas le visage fit glisser un lourd plateau sur lequel était posée un peu de nourriture. L'odeur de la soupe froide l'insupporta au point qu'elle vomit sur le carrelage. Elle s'essuya la bouche à l'aide de son bras et tenta de se reprendre :

- Qu'attendez-vous de moi ?

Elle n'obtint aucune réponse à sa question. La communication venait d'être rompue et l'idée que cette conversation serait peut-être la dernière lui traversa l'esprit.

Elle observa le tube d'huile de lin serré dans sa main. Il avait pensé à tout ! A tout sauf que sans luminosité et dans le froid, Rose ne pouvait rien faire. Comment créer sous la menace ? Et pourquoi le portrait d'Anna et pourquoi elle ?

Elle éclata en sanglots. Jamais elle ne sortirait vivante de cette tragédie. Le cœur serré elle pensa à ses parents. Elle était fille unique, ne s'était pas mariée et n'avait pas d'enfants. Elle adorait son père qui lui avait transmis sa passion pour les arts.

Ils allaient être morts d'inquiétude ! Elle imagina son enterrement et pensa à tous ceux qu'elle aimait et qu'elle ne reverrait plus.

Combien de temps resta-t-elle prostrée, elle ne saurait le dire. Mais animée par un soudain instinct de survie elle se leva pour aller observer les photos de l'album.

Anna ne posait pas, on pouvait la regarder nue pendant qu'elle dormait, en robe de soirée, seule près d'un bar avec un verre à la main, sérieuse pendant une conférence ou encore sortant de l'eau habillée d'un pull trempé.

Les photos n'étaient pas d'une qualité exceptionnelle mais on pouvait y lire l'intérêt de l'artiste amateur pour la jeune femme.

Faire jaillir du dessin la personnalité de ses modèles ! Voilà la seule chose qui comptait pour Rose et elle tentait toujours d'aller à l'essentiel. Elle s'arrêta une nouvelle fois sur la photo où son amie sommeillait. Étendue sur le dos, sa main droite recouvrait son sein, son bras gauche était relevé et son visage penché sur le côté. Son genou droit, légèrement remonté sur sa jambe, dissimulait à peine son sexe brunâtre.

Elle se souvint des paroles d'Anna : « Du vide émane la création et l'être sort du non être. » Elle ferma les yeux un instant et prit une inspiration, le vide représente l'harmonie, le silence, la paix, la sérénité.

Elle voulait faire des mouvements, quelques tourbillons, des lignes courbes qui puissent suggérer l'eau, la matière toujours mouvante, la vie éternelle. Dans cet enfer, le portrait d'Anna représentait une lueur d'espoir mais aussi, sans doute, son arrêt de mort.

Alors, tremblante de peur et de froid, elle commença lentement à dessiner.

Edoir raccrocha brutalement son téléphone. Il venait de dire à Josse sa façon de penser sur l'attitude injuste et outrancière que ce dernier avait adoptée à l'égard d'Anna. Jusqu'alors les membres de cette équipe s'étaient serrés les coudes et le médecin ne comprenait pas qu'on puisse laisser tomber un de ses membres en un pareil moment.

L'idée de démissionner lui avait traversé l'esprit puis il s'était ravisé. Tant qu'il serait présent il pourrait se battre pour la réintégration de sa collègue. Il avait cependant pris soin de préciser que désormais il ne faudrait pas compter sur lui pour les urgences et encore moins pour pallier le surcroît de travail que l'absence d'Anna allait entraîner.

Josse avait à peine bronché. Il savait maintenant à quoi s'en tenir! D'autant que cette décision était loin de faire l'unanimité au sein de l'équipe. Edoir ne décolérait pas, comme à son habitude, il parla à voix haute:

- Dans ces moments-là, les gens sont incapables de faire preuve de compassion, ils restent attachés à leur petit confort et ils acceptent de se montrer solidaires à la seule condition de ne pas perdre de plumes.

Le médecin nettoya les verres de ses lunettes et alluma son ordinateur. Toute cette histoire lui rappelait un fait qui s'était déroulé aux Etats-Unis quelques années auparavant. Une brève recherche sur internet lui rappela les détails de l'affaire.

Le mercredi 2 mai 1999 la disparition de Mélanie Jolec, étudiante en médecine, était signalée. Son petit ami affirma qu'elle était partie faire des courses et qu'elle n'était jamais revenue.

Le 3 juin, madame Le Blavec, une mère de famille sans histoire disparut à son tour alors qu'elle était simplement sortie poster une lettre.

Enfin, quelques jours plus tard, ce fut le tour d'un adolescent qui disparut alors qu'il rentrait d'un entraînement de basket-ball.

Tous vivaient à West Memphis, Arkansas.

Au mois d'août le corps du jeune garçon était dégagé d'un ruisseau situé à un endroit connu sous le nom de Robin Hood Hills. Les deux autres personnes disparues étaient finalement retrouvées non loin de l'endroit indiqué. Tous avaient été sévèrement battus.

Le docteur hocha la tête.

Un triple meurtre est extrêmement inhabituel, particulièrement quand il y a des enfants parmi les victimes et il n'y avait aucun lien apparent entre elles.

Edoir laissa défiler sous ses yeux les détails de l'enquête pour s'attarder sur les conclusions.

Le meurtrier était, semblait-il, un adorateur du démon et aussi fou que cela puisse paraître, il s'était mis en tête d'offrir à Satan le corps de personnes possédant un groupe sanguin de donneur universel.

Il s'était arrangé pour travailler dans un laboratoire d'analyses médicales, ce qui lui permettait d'alimenter son délire. Aucun de ses collègues n'avait un seul instant soupçonné qu'il puisse être l'auteur de crimes aussi abominables.

Bien sûr, tout ceci n'avait aucun lien apparent avec la tragédie de La Rochelle mais lorsqu'on avait affaire à des psychologies traumatisées, certaines similitudes pouvaient se recouper. Étudier le profil d'un assassin revenait à effectuer un travail de thèse. Comparaison, analyse, évaluation.

Était-il possible que la série de crimes qui venaient d'être perpétrés dans la région soit l'œuvre d'un adorateur du Démon ? Edoir devait à tout prix aider la police à trouver le trait commun qui unissait les victimes.

L'enquêteur chargé du dossier pensait qu'Anna était la clef du mystère. Si cela était vrai, que possédait-elle de si particulier qui puisse intéresser un tueur en série ?

Mais le médecin savait qu'il pouvait s'agir d'un simple détail. Quelque chose qui échappait à la logique d'un esprit sain.

Il regarda sa montre. Il allait être bientôt minuit mais il ne se sentait pas fatigué. Il faut dire que, depuis la mort de son fils, il ne dormait quasiment plus.

Il composa le numéro du commissariat, il était disposé à parler à l'officier de permanence.

Il fut étonné par la réponse de la réceptionniste qui le mit directement en relation avec le procureur.

Il indiqua brièvement les raisons de son appel et son interlocuteur eut un moment d'hésitation avant de lui répondre.

- Pourriez-vous vous déplacer tout de suite ?

- Bien sûr, puis-je savoir pourquoi ?

- Eh bien mon cher, vous allez pouvoir mettre vos talents à l'épreuve !

Le silence au bout du fil encouragea Quercy à poursuivre.

- Nous pensons effectivement qu'il s'agit d'un tueur en série et vos talents d'analyste pourraient nous être d'une grande utilité.

Edoir perçu le ton agacé du procureur lorsqu'il poursuivit :

- Et puis l'inspecteur chargé de l'affaire est introuvable, alors votre aide sera la bienvenue.

Il ne connaissait pas encore le capitaine Damnio mais il n'avait pas fait une trop mauvaise impression à Anna et elle était assez douée pour cerner les gens et ce, dès la première rencontre. Il enfila son blouson et saisit les clefs de son véhicule tout en prenant soin de mettre son ordinateur en veille.

Il était intervenu à plusieurs reprises comme expert auprès des tribunaux mais jamais encore il n'avait assisté la police dans une enquête.

Il prit l'autoroute et une heure plus tard il arrivait au commissariat.

Il n'eut pas à interpeller l'agent posté à l'accueil car Quercy avançait vers lui d'un pas rapide. Après une brève poignée de main il l'entraîna vers les escaliers.

- J'ai fait mettre un bureau à votre disposition, vous y trouverez tous les éléments concernant l'enquête. Si nous arrivions à connaître les motivations du tueur, cela pourrait nous mener jusqu'à lui.

- Je ferai mon possible pour vous aider.

Quercy abandonna le docteur Edoir dans la pièce étroite qu'il lui avait fait réserver. L'absence de fenêtre rendait l'atmosphère étouffante. Le docteur s'installa derrière une table où était entreposée une montagne de dossiers empilés les uns sur les autres.

D'emblée il observa les photos des différents cadavres. Il fut pris d'un haut-le-cœur et posa un mouchoir sur sa bouche.

Des corps déchiquetés affreusement mutilés s'étalaient sous ses yeux.

Les lieux où les différents corps avaient été retrouvés étaient tous différents. Madame Da Silva dans un bunker sur une plage d'Yves, Adelle sur l'autoroute et les sœurs Ciran dans les parcs de La Rochelle, près d'une poubelle publique.

Toutes avaient été démantelées et enveloppées dans des sacs-poubelle.

Autant dire que pour l'assassin, une fois mortes elles ne représentaient rien de plus que de vulgaires détritus. Edoir pensa à certains touristes, peu respectueux de la nature, et qui reproduisaient ce schéma après s'être rempli la panse.

Rien à voir de prime abord, si ce n'est que le meurtrier n'était pas en mesure de considérer l'autre comme une personne.

D'après le médecin légiste, les meurtres avaient été commis peu de temps après que les victimes aient été enlevées, les traces de chloroforme dans leur organisme prouvaient qu'elles avaient été anesthésiées. Le rapport précisait également qu'elles étaient probablement encore conscientes lorsque, quelques heures plus tôt, elles avaient été violées et torturées par leur agresseur.

L'atrocité des crimes venait signer l'acte d'un malade mental mais il pouvait s'agir tout aussi bien d'un schizophrène, d'un paranoïaque ou encore d'un pervers. La palette des déséquilibrés était vaste et malheureusement peu d'entre eux résidaient d'une façon permanente à l'hôpital psychiatrique.

Le meurtrier avait prémédité ses crimes et avait agi selon un ordre bien précis. Un seul fait clochait. Anna! Il avait raté son coup.

Sa motivation pour la tuer ne devait pas répondre aux mêmes critères que pour l'élimination des autres victimes. Pourquoi avait-il changé de tactique? la connaissait-il?

Edoir réajusta ses lunettes et se pencha une nouvelle fois sur les photos. Des perles de sueur ruisselaient le long de son cou et il humecta ses lèvres sèches avant de murmurer:

- Personne n'agit sans motivation et chaque comportement répond à une raison précise. A la lumière des éléments constatés sur la scène du crime, on peut tenter de comprendre les motifs sous-jacents.

L'agresseur a déjà vécu son crime à travers ses fantasmes avant de passer à l'acte sur de réelles victimes ; or le passage du fantasme au comportement demande un renforcement permanent et, par voie de conséquence, une succession de victimes. L'agresseur utilise la torture pour montrer que le maître c'est lui.

- J'avais demandé à ce que l'on vous porte un café mais, face à la pénurie du service public, je me vois contraint de vous le porter moi-même.

Edoir regarda le procureur d'un air absent.

Sans demander s'il dérangeait, Quercy s'installa en face du médecin.

- Alors docteur, quel début de conclusion pouvons-nous tirer de cette affaire ? Si tant est qu'il y ait une réponse à cette question.

Edoir retira ses lunettes et passa sa main sur ses yeux fatigués.

- Je pense que nous avons affaire à un pervers pour lequel la mutilation représente un moyen de contrôler le corps *post mortem*. Avant de tuer ses victimes il se peut qu'il cherche à les humilier. Cela lui donne l'impression de dominer le monde qu'il crée, vous comprenez ?

- Malheureusement cela ne nous révèle pas l'identité du meurtrier.

Edoir ne tint pas compte de la remarque de Quercy et continua sa réflexion.

- Une chose m'intrigue cependant et je ne cesse de me poser la même question. Pourquoi Anna Perchowich est-elle toujours vivante ?

- Parce que mon cher, le criminel a échoué.

- Non ! notre homme semble intelligent et la démarche est planifiée, calculée, il ne laisse rien au hasard et l'échec ne fait pas partie de son plan. Il y a autre chose...

- Et vous pensez qu'Anna Perchowich est la réponse à nos questions.

- Je crois que vous devriez passer au peigne fin sa vie privée car il est probable que vous trouviez quelque chose d'intéressant.

- Un amoureux ou devrais-je dire une amoureuse transie ?

- Pourquoi pas !

- Notre assassin est probablement un homme, il faut une grande force physique pour découper et porter des corps.

Edoir hocha la tête en signe d'acquiescement. Le procureur lui serra mollement la main avant d'ajouter d'un ton qui se voulait humoristique :

- Restez le temps que vous voudrez, ici on ne ferme jamais.

Edoir resta tard dans la nuit, une idée se faisait de plus en plus précise dans son esprit mais avant d'en parler à qui que ce soit, il voulait être certain de ne pas se tromper.

Tel un vautour en quête de nourriture, il observait Rose Lyoret. Elle grelottait et tentait de retenir les tremblements de sa main qui esquissait.

Le dessin du corps nu n'avait qu'une seule fin : l'occasion de créer l'incident, le choc, l'explosion de l'émotion sur la toile.

- J'ai, j'ai, s'écria-t-il en étouffant de plaisir, je suis l'égal de Dieu !

Il allait créer un autre monde où seule sa sphère serait reine.

Il éprouvait pour Anna autant de fascination que de répulsion, il ne comprenait pas pourquoi l'image de cette femme le hantait jour et nuit. Sa beauté et son sourire, tout chez elle n'était qu'insolence et provocation. Il devait extraire cette force mystique qui l'habitait. Lorsqu'il la rencontrait, il devenait comme envoûté par l'éclat naturel de ses yeux. Face à ce regard, il devenait autre, ses mains tremblaient et ses gestes saccadés trahissaient le trouble qu'il éprouvait.

Il posséderait son âme !

Il appuya sur un bouton qui déclencha la rotation de la caméra et propulsa l'ébauche du portrait en gros plan.

La photo choisie par Rose était savoureuse mais bientôt, cette vision devint insupportable. Il sentit le feu saisir ses joues et son corps fut pris de tremblement.

Il gémit, puis hurla : jamais plus elle ne me volera ! Je la posséderai à jamais !

Ce corps, ces yeux, ce regard lui appartiendraient. Il n'y aurait plus ni doutes, ni vérités, juste une émotion suspendue qui retiendrait ses larmes et l'essence même de cette âme serait maîtrisée. Plus de menace, juste sa réalité entre le vide et le plein. Désormais, il avait le pouvoir de maîtriser le temps.

Anna lui était précieuse. Elle ne devait pas disparaître. Il n'avait jamais ordonné qu'elle soit tuée. Cet imbécile de Dimitrius avait cru bien faire ! Quel idiot !

Les tableaux de Rose Lyoret possédaient la particularité immédiate de capter l'attention et d'emmener vers un au-delà où régnait l'absolue réalité. Ses portraits étaient fascinants. Il avait eu l'occasion d'assister à un de ses vernissages et il se souvenait des paroles de l'artiste :

« C'est ce qui y a de beau chez l'autre, ce que je souhaite faire apparaître, ce que je veux, c'est capter son essence et la transmettre au monde comme une mise à jour du don de Dieu. »

Mais lui, il irait plus loin, il prendrait le beau et tuerait la conscience.

Très jeune déjà, il créait ses propres normes qui contredisaient celles en vigueur. Il éprouvait un plaisir exalté à ériger ses propres lois et savait qu'il en avait les moyens. Doté d'une intelligence supérieure à la moyenne, il avait effectué son cursus scolaire puis universitaire sans problème.

Cette chambre froide, il l'avait construite de ses propres mains en affirmant que l'endroit serait utile à la famille pour les réserves de viande.

Il y avait commis de nombreux crimes sans que jamais personne ne puisse le soupçonner. Pourquoi s'encombrer d'individus nuisibles ? Il avait la foi et savait quel chemin le monde devait suivre, personne ne devait lui barrer la route ! Jamais ! Son père avait cru pourtant y parvenir mais lui aussi il l'avait pulvérisé, recréé, absorbé dans la spirale de l'éternel.

Il se souvenait de l'effroi de son regard lorsque, encore vivant, il avait commencé à le disséquer. Ses hurlements résonnaient comme une douce musique. Art du jaillissement du sang et ouverture vers l'infini, art de la truculence du rouge sur la peau blanche qui s'impriment sur le sol avec parfois la déflagration d'un dessin.

C'était la rencontre entre lui et Dieu, il refaisait la création.

Puis le silence, et déjà il savait qu'il devait continuer.

La porte s'ouvrit et Dimitrius entra. Il regarda l'écran et émit un sifflement.

- Pas mal la greluche, attends un peu que je lui en mette un coup.

Il n'y avait rien à faire, ce crétin resterait définitivement un gros lourdaud.

- Pas avant qu'elle ne termine son œuvre. Il se reprit et ajouta à voix basse. Non, mon œuvre.

Dimitrius haussa les épaules. Depuis le temps, il était habitué aux exigences de son frère. Il ne comprenait pas tout mais il lui vouait une admiration et une obéissance sans faille. Il savait qu'il participait à quelque chose de grand et tant qu'on ne l'empêchait pas de jouer un peu avec les filles... Ce qu'il aimait c'était l'impression d'être utile. Il croyait en Dieu et savait qu'il était défendu de tuer son prochain mais lui, il avait trouvé son maître et il ne faisait qu'obéir, on ne pouvait rien lui reprocher.

Il le regarda s'éloigner, il allait dans le lieu ! Lui, il n'avait pas le droit de s'y rendre sans autorisation. Heureusement, avec le temps, ses responsabilités s'étaient accrues. Il rangeait, nettoyait et s'assurait que tout était en ordre. Il espérait qu'un jour il pourrait également s'y amuser. Son frère ne lui avait pas toujours accordé sa confiance et, pendant longtemps le lieu était resté interdit. Il avait donc violé la loi. Au début il avait hésité à cause de l'interdiction formelle qui avait pris force de sacrilège, puis la curiosité avait été la plus forte. Lorsqu'il repensait à cette première visite, des frissons l'envahissaient. A vrai dire ses sentiments étaient confus. Il oscillait entre l'admiration et la frayeur.

Il avait été ébloui par la beauté. Il se trouvait dans une cave aux parois recouvertes d'or. En vérité il devait s'agir d'une peinture soigneusement choisie qui faisait resplendir le sanctuaire. Ce n'est que lorsque ses yeux s'étaient posés sur les tableaux, qu'il avait compris que quelque chose lui échappait.

Entreposés sur plusieurs toiles, des morceaux de chair humaine ainsi que des boyaux reconstituaient sous formes de dessins certaines parties du corps.

Ainsi y avait-il une main, une jambe, un bras. Il avait continué sa visite et était arrivé près d'un tombeau au-dessus duquel se trouvait un immense tableau avec un corps humain représenté en entier avec du sang... et de la cervelle séchée. Seulement cette fois, il y avait une multitude de dessins bizarroïdes qui entouraient cette mystérieuse scène.

Il aurait voulu en parler pour comprendre, pour faire partie du secret mais cet endroit lui était interdit et il ne voulait pas que son frère sache qu'il avait trahi sa confiance.

Cela avait l'air important et il était fier de participer à ce projet. Il ne comprenait pas, mais ce n'était pas grave, il avait confiance !

Damnio regarda l'heure sur la montre posée près du canapé : 6 h 25. Il avait le temps de préparer un petit déj.

Il avait prêté son lit à Anna. Au début elle avait fermement refusé mais il lui avait répondu avec une pointe d'humour que le mâle qu'il était risquait d'en être offusqué. Elle avait compris le message et avait accepté en plaisantant :

- Puisqu'il s'agit d'une priorité masculine...

Il prépara le café, il espérait que cela contenterait son invitée car il n'avait rien d'autre à lui offrir. Par miracle, il trouva quelques biscottes et un reste de confiture.

Il entra dans la chambre mais n'osa la réveiller. Seulement vêtue d'un maillot de corps elle dormait allongée sur le ventre, elle remonta légèrement sa jambe gauche faisant glisser le drap un peu plus bas sur ses hanches. Un peu intimidé, il revint dans la cuisine et finit de préparer le déjeuner.

Il avait passé une soirée délicieuse. Jamais il ne s'était senti autant en harmonie avec une femme.

Ironie du sort ! Elle n'était pas pour lui. Décidément la vie ne cessait de mettre des peaux de banane sur son parcours. Quel sens cette rencontre pouvait-elle avoir? Était-il condamné à aimer sans jamais être aimé en retour?

Mais au fond n'avait-il jamais compris ce qu'était l'amour?

Et si c'était en fait, une quête perdue d'avance? Et si l'amour n'était qu'une illusion, une vaste plaisanterie? Peut-être était-il temps qu'il fasse le deuil de toutes ces conneries pour laisser la place à quelque chose de plus essentiel.

Pour se perdre, il fallait sans doute s'être d'abord trouvé. A chacun d'accomplir son destin.

Non mais, qu'est-ce qui lui prenait de bon matin pour philosopher de la sorte!

Il laissa couler le café et fila prendre sa douche. La veille au soir il avait un peu trop picolé, Anna aussi d'ailleurs mais, d'après ce qu'il avait pu observer, elle avait de l'entraînement.

Le téléphone sonna et presque aussitôt il entendit une voix douce répondre à sa place. Il sortit de la douche et enfila un peignoir de bain. Anna était déjà habillée. Elle tenait la cafetière d'une main et arpentait la pièce en discutant.

- Ok doc, on arrive dès que possible!

Elle coupa la communication et avec un large sourire envoya le combiné à Damnio qui réussit à le saisir au vol.

- Café?

Décidément, elle ne manquait pas d'aplomb. Non seulement elle avait mis en péril son téléphone mais qui plus est, quelques gouttes de café venaient de valser sur le carrelage.

Fort mécontent, il posa le combiné sur son réceptacle et lui ôta la cafetière des mains.

- J'ai emprunté un jean et un tee-shirt propres. Votre femme ne m'en voudra pas j'espère ?

Il grommela un bonjour à peine audible. Non, son ex-femme ne lui en voudrait pas, elle s'était tirée du jour au lendemain depuis déjà un an en abandonnant la moitié de ses fringues.

- Bonjour au fait ! Elle lui colla une bise sur la joue puis s'installa à la table de la cuisine avant de lui tendre une biscotte.

Il la saisit et mordit à pleines dents :

- Puis-je savoir avec qui vous discutiez ?

- Le docteur Edoir souhaite que nous le rejoignions à la salle d'autopsie dès que possible.

Il faillit avaler de travers.

- Edoir ? La salle d'autopsie ?

- Figurez-vous que notre bon docteur semble avoir les faveurs du procureur, par contre vous, il semblerait que vous soyez dans le collimateur de la justice.

Damnio fit pivoter sa chaise de côté et jeta un bref coup d'œil sur son répondeur.

Il fronça les sourcils, un seul numéro était inscrit, celui de Quercy ; ce dernier avait essayé de le joindre à plusieurs reprises.

Sans prêter attention à l'attitude soucieuse de Damnio, elle poursuivit :

- Je lui ai répondu que nous le retrouverions mais que nous devions d'abord passer à l'exposition retrouver Rosy. J'ai de nouveau tenté de la joindre à son domicile mais apparemment il n'y a personne.

Pendant que le capitaine rappelait le proc et se prenait une pluie de remontrances, Anna fit un brin de toilette. Elle était pressée de retrouver son amie, avec tout ce qui s'était passé ces derniers temps, elle ne savait pas comment elle réagirait au cas où elle recevrait une autre mauvaise nouvelle.

Elle bouscula Damnio pour qu'il accélère le mouvement et lorsqu'une heure plus tard ils arrivèrent au centre culturel ce fut pour découvrir que personne n'avait eu de nouvelles de Rose Lyoret. L'organisatrice de l'exposition qui s'était rendue au domicile de l'artiste avait constaté que les volets étaient fermés et que la voiture n'était plus dans le parking.

Francis Damnio lança un avis de recherche, il aurait dû le faire depuis la veille. A cet instant, Anna donna raison au procureur, Damnio n'était plus compétent et si l'affaire lui était retirée il ne pourrait sans prendre qu'à lui-même.

Ce qu'elle ignorait, c'est que depuis qu'il l'avait rencontrée, Damnio avait perdu toute objectivité, cette fille lui faisait perdre la tête. Avec elle il savait qu'une liaison amoureuse n'était pas possible. Alors quoi? Alors, cela ne changeait rien au fait qu'il était troublé. Il aimait son regard, ses paroles... Il avait l'impression qu'elle comprenait chacune de ses pensées. C'était une vraie belle personne, une de celles qu'on ne rencontre qu'une seule fois.

Lorsqu'ils montèrent dans la voiture banalisée, elle lui lança un regard incrédule :

- Pensez-vous que Rose... ?

Il l'interrompit :

- Nous ne devons tirer aucune conclusion hâtive et toutes les hypothèses peuvent être envisagées, y compris celle d'une disparition momentanée et volontaire.

Si son discours se voulait apaisant, Francis Damnio n'était pas dupe pour autant. Son intuition de flic lui disait que quelque chose de grave allait se passer.

Ils restèrent silencieux tout au long de la route qui les mena au centre d'autopsie. Damnio cherchait quelque chose d'intelligent à dire, quant à Anna elle avait la gorge si serrée qu'aucun son ne pouvait s'en échapper.

Ils se garèrent près de la Land Rover du docteur Edoir. Qu'avait-il découvert de si important ?

Quercy les accueillit devant le centre médical. Il les salua brièvement de son air suffisant. Il semblait préoccupé et ne fit pas la moindre remarque au capitaine.

L'établissement n'avait rien d'exceptionnel et ressemblait davantage à un dispensaire qu'à un dépôt de cadavres. D'un pas pressé, Quercy les devança et les conduisit à une grande salle à l'aspect glacial. Edoir s'y trouvait déjà, il avait revêtu une blouse blanche et s'entretenait avec un confrère.

Il leur serra chaleureusement la main :

- Le docteur Lahuna est une vieille connaissance, j'ai la chance de le connaître depuis des années, aussi ai-je l'honneur de vous présenter le responsable des autopsies sur le département.

Le légiste se contenta d'un signe de bienséance et laissa poursuivre Edoir :

- Sans vouloir vous court-circuiter mon cher capitaine et à la demande du procureur, j'ai lu avec beaucoup d'attention les rapports de police et un détail a retenu mon attention. Après un entretien avec mon confrère nous avons élaboré quelques hypothèses, mais je vous en prie docteur Lahuna, continuez.....

A la demande d'Edoir, le légiste poursuivit :

- Comme vous le savez sans doute, toutes les facultés dites intellectuelles ont leur siège dans les circonvolutions.

- Le cortex ou la substance grise si vous préférez, précisa Edoir.

- Il semblerait qu'au niveau de la scissure de Sylvius une faille existe et se prolonge jusqu'au niveau du sillon de Rolando. Cependant et même si le lobe pariétal est sain, aucune partie des hémisphères n'est dans un état d'intégrité absolue.

Les regards incrédules se tournèrent vers Edoir qui se fondit en explications :

- Pour faire court, il nous semble à peu près établi que les facultés cérébrales les plus élevées, celles qui constituent l'entendement proprement dit, comme le jugement, la réflexion, les facultés de comparaison et d'abstraction, ont toutes été altérées *post mortem.*

Damnio le premier osa poser une question.

- Est-ce à dire qu'elles ont été altérées volontairement?

Le psychiatre se tourna vers Anna:

- Les victimes ont subi une ablation d'une partie de leur cerveau. L'état pitoyable des premiers corps n'avait pas permis d'effectuer ces observations. Seule l'autopsie pratiquée sur celui de madame Da Silva est venue conforter nos hypothèses.

Son confrère poursuivit:

- L'autopsie fut pratiquée le plus tôt possible, c'est-à-dire au bout de vingt-quatre heures. La température était peu élevée, le cadavre ne présentait aucun signe de putréfaction. Je dois avouer que je commençais à avoir quelques doutes, aussi ai-je demandé à mon équipe de le plonger immédiatement dans de l'alcool.

Quercy fronça les sourcils:

- Et tout ceci sans qu'on ait pris la peine de m'en informer, décidément la collaboration des médecins avec la justice mériterait quelques révisions.

Le docteur Lahuna lui répondit sèchement:

- Nous allions le faire mais de toute façon il me semble que votre autorisation ne nous aurait été nécessaire que dans le cas où l'exhumation des corps aurait été indispensable, or il est trop tard pour pratiquer une analyse du cortex de ces pauvres gens. Je ne parle même pas de ceux qui ont choisi la crémation.

Le médecin légiste avait touché un point sensible car la destruction totale du corps d'Adelle n'aurait jamais dû être autorisée. De toute évidence, une faille s'était glissée dans les rouages de la justice.

Une bagarre intellectuelle menaçait d'éclater, aussi Edoir tenta-t-il de calmer le jeu en employant un ton qui se voulait rassurant :

- Allons messieurs, il me semble que l'heure n'est pas aux allégations, et plutôt que de nous quereller, je pense que nous devrions d'ores et déjà tirer quelques conclusions de ces observations.

Anna toisait Lahuna avec consternation. Son physique ne collait pas du tout avec le son de sa voix. D'une constitution plutôt robuste il était doté d'une voix aiguë qui le rendait d'emblée antipathique. Elle frissonna en pensant que le corps d'Adelle avait échoué un laps de temps entre les mains de ce médecin.

Damnio sortit de son mutisme pour interroger le docteur Edoir. Il se savait dans le collimateur de Quercy et bien qu'il ne soit pas paranoïaque cela rendait chacune de ses initiatives particulièrement délicates.

- Et quelle est votre analyse ?

- Je pense que nous avons affaire à un connaisseur du corps humain. Il dissèque ses victimes pour brouiller les pistes, or seule une partie précise du cerveau semble l'intéresser.

- Un collectionneur ?

- Et bien oui, en quelque sorte. Mais la vraie question c'est, que fait-il de ces morceaux de cervelle? Est-ce pour les étudier? Les manger?

En tous les cas, ce rituel de fantasme sadique nous éclaire sur la motivation du tueur. Avant de la tuer, l'assassin exerce une domination totale sur sa victime. Il n'éprouve aucun remords à disséquer les cadavres car il considère que sa tâche est à la fois noble est essentielle. Par ailleurs, je pense qu'il doit être relativement fort car les corps ont été déplacés à plusieurs reprises.

Quercy se racla la gorge:

- Mais les viols des victimes?

- La seule chose que nous sommes en mesure d'affirmer c'est que le fantasme sexuel n'est pas le seul mobile du crime.

Le capitaine s'adressa au procureur d'un ton qui se voulait particulièrement respectueux. Après tout lorsqu'on a affaire à un faux-cul, mieux vaut adopter la même attitude.

- Je pense que nous devrions revoir les familles des victimes, il y a forcément quelque chose qui nous a échappé.

Puis il le pria de bien vouloir lui accorder un entretien en privé et Anna supposa qu'il allait l'entretenir de la disparition de Rose.

Elle offrit à Edoir un sourire de circonstance. Il semblait sincèrement inquiet pour elle:

- Comment vous sentez-vous?

- C'est pas terrible. En fait j'aurais besoin de me retrouver seule mais Damnio a décidé de me placer sous sa garde rapprochée.

Le légiste s'excusa, prétextant un travail urgent à terminer et les salua rapidement avant de quitter la pièce.

Anna raconta à son acolyte les derniers événements auxquels elle venait d'être confrontée.

- Faites bien attention à vous, il semble évident que vous représentez une menace pour le tueur.

- J'aimerais comprendre.

- Voyez-vous lorsque les corps sont déchiquetés au point que le visage de la victime soit rendu méconnaissable, cela indique, dans la plupart des cas, une certaine connaissance de la personne par l'assassin. La façon dont il a essayé de vous éliminer est différente et cela prouve que vous êtes une personne particulière pour lui.

En fait ce qui la rendait terriblement mal à l'aise c'est le sentiment obscur de se savoir dans la tête de quelqu'un, d'exister pour cette personne, d'avoir même une grande importance pour elle et de ne pas être en mesure de l'identifier.

Damnio, qui venait de les rejoindre, anticipa les salutations d'Anna en donnant une poignée de main ferme et rapide à Edoir.

- Allez, nous avons du pain sur la planche.

Elle le suivit en ruminant. Il se comportait avec elle comme un mari jaloux. Qu'est-ce qu'elle lui inspirait? Dans ses films inconscients, quel rôle avait-elle ? Celui d'une mère, d'une sœur, un idéal féminin, la femme inaccessible ?

De toute façon et à moins de lui poser la question, elle ignorait ce qui se passait dans la tête du capitaine. La seule chose importante était ce qui se tramait dans celle du tueur.

Elle grimpa dans la voiture sans poser de questions, elle tenait coûte que coûte à découvrir l'identité de l'assassin d'Adelle.

Madame Lorenzo ne voulait pas se rendre à l'hôpital car, fatalement, on découvrirait les marques de coups sur son corps et on lui poserait des tas de questions. Tout ceci ne devait pas se savoir.

Personne ne pouvait comprendre le drame qu'elle vivait, elle était dans la solitude la plus profonde !

Il lui avait dit que si elle parlait de tout ça à qui que ce soit, il la tuerait.

Pourtant, lorsqu'elle l'avait rencontré, il avait l'air si doux et puis brillant aussi. Au départ, elle n'en revenait pas qu'il se soit intéressé à elle, physiquement, elle n'avait rien d'extraordinaire. Elle était petite, ronde et n'avait même pas un joli visage. Un nez trop long sur un visage couvert de taches de rousseur la rendait totalement insignifiante.

Il ne lui donnait que très peu d'argent et elle devait faire avec. Elle était donc toujours mal habillée, mal coiffée et il ne cessait de lui répéter qu'elle lui faisait honte.

Elle l'avait connu très jeune et il avait toujours refusé qu'elle fasse des études ou même qu'elle trouve un emploi. A présent elle croulait sous les antidépresseurs et à l'occasion elle n'hésitait pas à s'enfiler quelques rasades de mauvais vin ou d'alcool fort comme le cognac.

Et puis même si elle parlait, qui la croirait ?

Les gens diraient qu'il était trop bien pour elle car il était apprécié et respecté dans son travail. Les gens aimaient les infirmiers. Mais s'ils savaient les gens !

Jusqu'à présent elle avait toujours tout encaissé sans broncher mais l'autre jour, il s'était passé quelque chose. Quelque chose avec son propre fils et celui de la voisine.

Il les avait surpris à se gaver de bonbons dans la chambre. Après avoir frappé son fils à plusieurs reprises avec une planche en bois, il avait suspendu Lucas par les pieds, du haut du deuxième étage de l'immeuble. Le gamin était autiste et Dimitrius savait pertinemment qu'il ne pourrait pas se plaindre auprès de ses parents. Quant à Ludovic, il était bien trop terrorisé pour raconter quoi que ce soit.

Madame Lorenzo savait que l'enfance de son mari n'avait pas toujours été facile. Recueilli par une famille dès son plus jeune âge, il avait eu une enfance perturbée. Son père adoptif le frappait régulièrement et sa mère ne lui prêtait pas une grande attention.

Sous ses aspects de gentleman charmant et attentif, il était solitaire et disait qu'il n'appartenait à aucun groupe. Il n'avait pas d'amis et il n'en avait jamais eu. Du coup, il préférait se tenir à l'écart et se réfugier dans la lecture, il disait que les rêves étaient le meilleur des remèdes car rien ne clochait dans un univers dont on restait le maître. D'ailleurs, quand il sortait de sa bulle c'était pour faire preuve d'une brutalité extrême envers les enfants comme envers elle-même.

Les violences conjugales avaient commencé après leur mariage, mais elles avaient redoublé lorsqu'il avait reçu ce fameux coup de fil.

Il était resté un long moment pendu au téléphone et quand enfin il avait raccroché, elle avait pu lire dans son regard une extrême jubilation ainsi qu'une détermination froide et directe.

De la conversation, elle n'avait perçu que quelques bribes mais il lui semblait qu'il s'agissait d'accomplir quelque chose d'important, une sorte de mission...

Elle jeta un coup d'œil sur la pendule du salon, il ne rentrerait pas avant au moins deux bonnes heures et elle avait tout le temps de fouiller un peu dans ses affaires pour tenter d'en apprendre davantage. Elle avait dans l'idée que la découverte de certains renseignements pourrait peut-être lui offrir une protection. Elle avait repéré aisément et depuis longtemps la cachette destinée à la petite clef du tiroir du bureau. Il la glissait toujours dans une fente de l'entrebâillement de la fenêtre.

La gorge serrée, elle ouvrit le tiroir et en sortit un carnet de notes. Elle s'installa à même le sol pour en lire le contenu.

Quelques monceaux d'idées jetées sur le papier entre deux pages d'écritures axées sur la comptabilité du ménage attirèrent son attention.

Jusqu'alors je pensais que j'étais seul et te voilà. Toi, l'obscure part de moi, la source noire de mon âme.

Quand je pense à tout ce chemin parcouru, inutile, fade et sans saveur, je ressens une immense peine. Mais aujourd'hui je sais pourquoi j'existe. La mort nous unira et enfantera l'amour. Rien désormais n'arrêtera le temps…

Les mains tremblantes, elle rangea précipitamment le calepin, elle venait d'entendre la porte de l'ascenseur se refermer.

On sonnait chez la voisine. Elle laissa échapper un profond soupir de soulagement avant de coller son œil au judas.

Une belle jeune femme brune aux cheveux courts bouclés, vêtue d'un jean et d'un tee-shirt rouge sang se tenait face à la porte de madame Dal Pas. A ses côtés un homme brun, mal rasé, appuyait sur la sonnette.

Elle les reconnut immédiatement, elle avait vu leur photo dans le journal. Elle savait qu'ils ne pouvaient en aucun cas être amants puisque Anna était homosexuelle, même qu'elle était la concubine d'Adelle.

Elle devait absolument lui parler ! Mais que pouvait-elle lui dire d'intéressant ? Que la mère de son amie vivait à proximité d'un fou dangereux ? Et alors ?

Et pourtant elle était convaincue que son mari n'était pas étranger à toutes ces disparitions. Bien sûr, elle n'en avait pas la preuve formelle mais elle connaissait Dimitrius et les notes trouvées dans le tiroir du bureau lui laissaient supposer bien des choses.

Sans réfléchir, elle sortit précipitamment dans le couloir.

Elle prononça un bref bonjour avant de rester plantée face à ses deux interlocuteurs tout aussi surpris qu'elle.

Elle fit mine de s'essuyer les mains sur son vieux caleçon moulant et s'avança maladroitement pour amorcer une civilité.

Madame Dal Pas qui venait d'ouvrir la porte coupa court à toutes initiatives :

- Que puis-je pour vous madame ?

Hésitante, elle répliqua.

- Je me demandais si vous pourriez me dépanner d'un ou deux sachets de levure.

Madame Dal Pas haussa négligemment les épaules et s'exécuta sans un mot d'excuse pour Anna et Damnio.

Madame Lorenzo resta un moment interdite, puis les mots coulèrent d'un coup :

- Je sais pourquoi Adelle est morte !

Anna et Damnio fixèrent cette femme, ils étaient sidérés par l'effet de cette révélation qui tombait comme un cheveu dans la soupe.

Le capitaine se ressaisit :

- Bien, pouvez-vous nous recevoir ?

Elle répondit à voix basse :

- Pas tout de suite, retrouvons-nous au parc, près de la cage aux paons d'ici une heure, vous savez où c'est ?

Anna hocha la tête en guise d'acquiescement.

Madame Dal Pas lui remit ses sachets de levure et elle rentra précipitamment chez elle. Ils entendirent le double cliquetis de la serrure.

La mère d'Adelle les invita à entrer et crut bon d'apporter quelques précisions :

- C'est une famille un peu particulière mais leur fils aîné a l'âge de Lucas et il est plutôt gentil envers lui, alors...

- Particulière ? souligna Damnio.

- Oui, madame Lorenzo semble être d'une santé fragile, elle sort peu si ce n'est pour faire ses courses, son mari semble également très sauvage mais c'est un gentil garçon toujours prêt à rendre service...

Et pendant qu'elle se lançait dans des explications de tuyauterie bouchée que seul monsieur Lorenzo était en mesure de résoudre, Anna ne put s'empêcher de penser au visage effrayé de la femme lorsque le capitaine lui avait suggéré de l'entendre. Que pouvait-elle bien cacher ?

Son regard croisa celui de Damnio, visiblement il semblait tout aussi préoccupé. Ils seraient à l'heure au rendez-vous !

Edoir passa sa main sur son crâne, il était un peu tôt pour commencer à boire mais tant pis cela l'aiderait à réfléchir. Il se servit donc un scotch et s'allongea sur son canapé en cuir blanc sans même prendre la peine de se déchausser. C'était le genre de détail qui rendait son ex-femme totalement folle. Il ébaucha un sourire. Quand il repensait à la tragédie que son couple avait traversée, même les souvenirs désagréables étaient bons à prendre. Il n'avait pas été un mari à la hauteur et pire encore, il n'avait pas été un père à la hauteur. Le handicap de son fils n'avait été pour lui qu'une épouvantable fuite en avant. Il réalisait à présent à quel point son comportement avait été lamentable. A toujours courir à droite et à gauche, il pensait ne pas avoir assumé ses responsabilités, en tous les cas pas comme il aurait dû. Sa femme avait arrêté de travailler pour s'occuper de Yann et il l'avait abandonné. Aux reproches il répondait une formule toute prête et ô combien pratique : il en faut bien un qui ramène de l'argent ! Quelle connerie. Alors quand un matin Elise avait trouvé leur fils mort dans son lit harassé par une ultime convulsion, elle était partie et il avait cessé d'être égoïste.

A présent qu'il n'avait plus rien, il se considérait en instance de survie et s'il était perdu pour lui-même il espérait encore pouvoir être utile.

Il se concentra sur l'enquête:

A l'exception d'un médecin, qui pouvait s'intéresser au cerveau humain?

Un chercheur?... Quelle que soit la qualification de l'individu en question, il avait un sérieux problème psychique à résoudre.

Si sa mémoire ne lui faisait pas faux bond, Adelle et Anna s'étaient rencontrées il y a quelques années par l'intermédiaire de la classe pour enfants autistes et ce, plus particulièrement grâce à Lucas.

Nombre de personnes s'accordaient à penser que l'autisme n'était pas une maladie mentale mais bien un défaut lié au développement cognitif de l'enfant.

Se pouvait-il que Lucas soit un lien dans cette affaire?

Edoir se releva et secoua la tête lentement avant d'avaler son scotch d'un trait. Son raisonnement était tiré par les cheveux et son imagination risquait de l'entraîner un peu trop loin. Par ailleurs, il ne possédait aucune autre piste, alors pourquoi pas suivre celle-là après tout.

Il alluma son ordinateur afin de lancer une recherche sur internet. Il pianota « autisme en Charente-Maritime ». Des sigles pas très originaux se déroulèrent sous ses yeux. Il n'était pas novice en la matière et possédait une très bonne connaissance du terrain. A tout hasard, il cliqua sur autisme et recherche : jusque-là rien d'anormal : stages de formation, aide aux parents en difficultés, cours sur le handicap...

Edoir passa une bonne partie de la journée à la recherche d'une information tangible sans rien trouver de très intéressant. Il avait vidé sa bouteille de scotch et envisageait sérieusement de laisser tomber quand il effectua une dernière tentative en inscrivant : aide financière à la recherche.

Une photo représentant un enfant recroquevillé sur lui-même se dessina à l'écran. Le docteur cliqua sur suivant : un appel de fonds s'établissait clairement. L'argent récolté par l'association la Chrysalide devait permettre à une équipe de travailler sur la recherche des origines du handicap. On pouvait également trouver sur le site les divers travaux réalisés sur la génétique et qui étaient validés par l'Organisation mondiale de la santé.

« La Chrysalide » : un nom inconnu d'Edoir mais sans doute ne connaissait-il pas toutes les organisations après tout. Cela valait la peine de se renseigner ! Il se leva d'un bond et fut presque aussitôt pris de vertige. Il avait trop bu, il allait s'allonger et tout irait mieux dans un moment. Il se dirigeait vers sa chambre en titubant quand un déchirement dans la poitrine le plia de douleur ; il s'appuya sur le guéridon faisant tomber au passage une amphore italienne qui explosa sur le sol. Il poussa alors un long râle avant de s'effondrer sur les fragments épars de l'antiquité.

C'était une belle journée ensoleillée agrémentée d'un petit vent chaud qui venait caresser les visages et, bien que les soucis ne cessassent d'envahir ses pensées, Anna apprécia ce souffle d'accalmie.

Elle proposa à Damnio de marcher jusqu'au parc de La Rochelle.

La dernière rencontre avec madame Dal Pas ne leur avait apporté aucun élément nouveau sur l'enquête en cours et ils avaient hâte de rencontrer la voisine pour savoir ce qu'elle avait à dire.

Ils étaient un peu en avance et le capitaine l'invita à prendre un café. Elle refusa, préférant profiter un instant de la nature. Pour un peu ils se seraient crus dans un zoo. Cependant, les animaux parqués dans de grands espaces grillagés n'avaient rien de très exceptionnel. Pas de tigres ni d'éléphants pour impressionner, pas de singes pour amuser la galerie, simplement des poules, des canards, des ânes ainsi qu'une cage réservée aux paons.

Ils choisirent de s'installer quelques instants sur un banc mis à la disposition des visiteurs.

Anna fut surprise par le déploiement de la longue queue aux plumes tachetées de l'oiseau paradeur qui faisait sa roue et éclata de rire. C'était la première fois qu'elle riait depuis la mort d'Adelle et il fut séduit par la spontanéité et la fraîcheur qui se dégageaient de sa personne.

Elle l'impressionnait mais il possédait l'audace des timides et il se dévoila sans sommation.

- Anna, je sais que ce n'est pas le moment mais je crois que je suis en train de tomber raide dingue de vous.

C'était sorti comme ça, il n'avait rien préparé, il y avait à peine pensé. Voilà ! C'était sorti, c'est tout !

Elle était sidérée et encore le mot était faible. Elle éprouvait une certaine tendresse pour Damnio mais de l'amour... En fait, elle ne s'était jamais posée la question et elle ignorait comment réagir à cette déclaration pour le moins inattendue.

Elle lui prit gentiment la main sans se rendre compte qu'elle allait lui parler comme à un malade à l'article de la mort.

- J'ai été très secouée par le décès d'Adelle. Je l'aimais vraiment, vous savez.

- Je sais mais s'il pouvait y avoir un espoir même infime entre nous, je...

Anna posa sa main sur la bouche du capitaine pour l'empêcher de poursuivre.

Elle avait déjà été mariée. Elle avait vingt ans et cette histoire avait duré deux mois. Cependant elle savait qu'elle pouvait aimer un homme. En fait, elle savait qu'elle était capable d'aimer les hommes et les femmes de la même manière, avec la même intensité. Qu'elle soit normale ou non, elle était faite ainsi et elle restait persuadée que si les individus étaient honnêtes envers eux-mêmes, ils épouseraient moins rapidement la norme. Mais elle se connaissait au moins une qualité, la fidélité et pour l'heure, ce qu'elle refusait, c'était de trahir la mémoire d'Adelle.

- Excusez-moi, je crains d'être un peu en retard.

Quand madame Lorenzo rangea la poussette près du banc, elle ignorait qu'elle venait d'interrompre une discussion d'ordre privé. L'arrêt du voyage eut un effet immédiat sur le nourrisson qui se mit à hurler. Elle prit l'enfant dans ses bras et tenta de le calmer. Anna et Damnio restèrent côte à côte dans une ambiance pesante pendant dix bonnes minutes, le temps que la berceuse fît son effet.

Quand le petit homme fut enfin endormi, madame Lorenzo le posa à nouveau dans son landau.

Le capitaine bouillonnait, le gosse n'avait pas sa place ici.

- Eh bien, pourrions-nous savoir à présent ce que vous aviez de si important à nous dire !

Anna lui lança un regard réprobateur. Décidément la diplomatie n'était pas son point fort.

La mère de famille se laissa choir sur le banc et éclata en larmes. Damnio lança un regard fugace au nourrisson, il n'allait tout de même pas se remettre à brailler celui-là. Mais les larmoiements de sa mère furent sans effet sur l'enfant qui continua à dormir d'un sommeil d'ange.

Anna se rapprocha et passa son bras autour la femme en pleurs.

- Allons allons, nous sommes-là pour vous aider, racontez-nous ce qui vous arrive.

- J'ai... je crois... enfin je suis pas très sûre mais...

Anna l'encouragea,

- Dites.

- Je pense que mon mari n'est pas étranger à la mort de votre amie.

Réalisant la gravité de ses propos, elle se redressa avant d'ajouter :

- Mais attention hein ! Je ne dis pas que c'est lui qui a fait le coup !

Face à l'importance des déclarations, le capitaine récupéra ses réflexes de flic. Il sortit un carnet et un stylo de la poche de son blouson afin de noter chaque détail des révélations de la voisine de madame Dal Pas.

- Pourriez-vous nous indiquer avec précision des faits qui puissent nous permettre de faire un lien avec cette affaire ?

Sa partenaire lui lança encore un de ses regards noirs qui en disait long. Décidément, il se croyait au commissariat en train d'interroger un coupable !

Elle s'adressa au témoin d'une voix douce et rassurante.

- Avez-vous des raisons de penser que votre époux puisse être impliqué d'une manière ou d'une autre dans ce meurtre ?

Madame Lorenzo leur raconta la violence dont son mari se rendait coupable à l'égard de son fils aîné comme d'elle-même. Elle se mordit les lèvres un instant, préférant passer sous silence l'incident avec Lucas. Enfin elle leur parla du brouillon de la lettre écrite par Dimitrius. Elle leur adressa à l'un et à l'autre un regard implorant.

- Vous comprenez, il n'a pas toujours été ainsi... Il se passe quelque chose, j'en suis certaine.

Damnio haussa les épaules, les femmes battues tenaient toutes le même discours. Le mari en question avait probablement toujours eu une ampoule de grillée, seulement sa femme venait juste de le réaliser. Il retira sa veste en lin et l'épousseta tout en s'adressant au témoin.

- Seriez-vous prête à nous accompagner au commissariat pour faire une déposition ?

Visiblement affolée, elle secoua la tête de façon négative.

- Vous n'y pensez pas ! Il me tuerait.

Tout de même un peu cynique, il posa son pied sur le banc :

- Dans ce cas, pourriez-vous nous déposer un objet, un verre par exemple avec les empreintes de votre mari ?

Elle hésita un instant.

- Mais s'il s'en aperçoit je risque...

Damnio l'interrompit brutalement.

- Vous souhaitez nous aider oui ou non ?

Elle se tourna vers Anna qui l'encouragea.

- Nous avons vraiment besoin de votre aide madame.

- Bien j'accepte. Il faut que je file, Dimitrius doit être rentré à présent et il déteste que je m'absente trop longtemps.

Ils la regardèrent pousser son landau d'un pas alerte et pour Damnio les reproches ne se firent pas attendre.

- Non mais vous n'êtes pas bien !

- Oh ça va ! Je connais mon métier !

- Vous avez failli nous faire perdre notre seul témoin.

- Mais qui vous dit que ce ne sont pas seulement les extrapolations d'une femme frustrée ?

- Et bien j'en connais un autre !

Anna tourna les talons et laissa Damnio planté là, interloqué par tant de culot. Elle était allée un peu trop loin dans ses propos et si elle avait pris le temps de réfléchir à sa réaction, elle aurait compris que les motifs de son agacement n'étaient pas seulement liés au comportement du capitaine à l'égard de madame Lorenzo. Mais là, elle était bien trop remontée pour s'en rendre compte.

Elle marcha seule pendant quelques minutes sans parvenir à faire descendre la mayonnaise. Damnio la rejoignit en courant.

Après l'avoir interpellée à plusieurs reprises sans qu'elle daigne se retourner, il l'empoigna par le bras.

Avez-vous terminé votre crise d'adolescente ?

Elle avait une furieuse envie de lui coller une baffe mais les arguments qu'il avança eurent un effet immédiat :

Je me serais volontiers disputé avec vous mais je viens de recevoir un coup de fil du commissariat. Votre ami Edoir est à l'hôpital. Il a fait une crise cardiaque.

Il avait annoncé la nouvelle sans ménagement, aussi la colère d'Anna laissa-t-elle place à une profonde inquiétude. Il adoucit légèrement le ton de sa voix :

- Je ne dispose pas de plus d'informations pour le moment, souhaitez-vous que nous allions à l'hôpital ?

Sans un mot, ils marchèrent d'un pas rapide puis coururent en direction du véhicule.

Il jeta un coup d'œil rapide à l'écran, le portrait serait bientôt terminé.

Une belle image glacée par la terreur du peintre ! C'était exactement ce qu'il voulait.

Son tableau préféré était *le Bœuf écorché* de Rembrandt. Cette œuvre remarquablement reprise par Soutine, était une belle pièce de viande rouge livrée aux amateurs. La peinture exprimait tant de jubilation contenue dans de la chair béante que sa seule pensée suffisait à le faire frémir de plaisir. Car il pensait que rien ne vivait plus que les entrailles d'une bête mise à nue, qu'on pouvait y lire toute la souffrance en haut et en couleur.

Lui, ce qu'il voulait, c'était montrer que le beau était inséparable du terrible et c'est exactement ce que Rose Lyoret allait faire jaillir du tableau. Elle n'était qu'un des instruments de son désir et il lui réservait une place de choix dans sa galerie.

Plus tard, lorsque des chanceux découvriraient son œuvre, on dirait de lui qu'il était un boucher, certes, mais on verrait cette boucherie comme un art sacré où excelle la souffrance intime de l'être, une mise en scène qui se désagrège, un temps à côté du temps.

Il entra dans son sanctuaire et se retrouva plongé dans une douce ambiance mortifère. Il inspira longuement la fausse odeur de violette qui imprégnait l'atmosphère et balaya la salle du regard. Il se rendit compte presque immédiatement que ses ordres n'avaient pas été exécutés, du moins pas comme il l'avait exigé. Il était impératif que l'endroit reste propre, les équipements devaient être soigneusement rangés et les planchers libres de tout obstacle. Ce n'était pas le cas. Cet imbécile n'avait pas encore lavé les tabliers qui trônaient au milieu de la pièce dans un sac transparent maculé de sang séché. Quant aux objets tranchants utilisés pour la dissection, bien que soigneusement désinfectés, ils ne se trouvaient pas à leur place habituelle.

S'il avait pu, il se serait volontiers passé de cet abruti mais ce n'était pas une chose aisée que d'accomplir seul de grandes œuvres, chaque grand maître avait son disciple après tout. Il contempla un instant ses tableaux composés en partie de morceaux de cervelles et entreprit de ranger lui-même le matériel.

Il pensa avec délice à la façon dont il avait procédé pour extraire la précieuse matière du corps de ses victimes. Tout d'abord à l'aide d'un crochet de fer il avait retiré le cerveau par les narines, puis avec un scalpel, il en avait soigneusement coupé les deux hémisphères.

Si, à cet instant, il avait eu un public, il aurait expliqué que le cortex est une peau fine, frisée et entièrement plissée qui dissimule nos émotions, nos joies et nos peines les plus profondes. Il aurait ajouté que sous le cortex, on trouve aussi l'hippocampe qui sert de réceptacle et enregistre les données anciennes et nouvelles de notre histoire personnelle.

Ensuite, il aurait expliqué sa façon de faire. Comment il en avait retiré une partie avec une lame tranchante en pierre d'Éthiopie, soigneusement choisie, pour en extraire une matière blanchâtre, ce corps calleux qui sert de jointure aux deux hémisphères et qui permet à notre pensée logique de rejoindre notre pensée poétique.

Après quoi, et à la manière d'un embaumeur du Vᵉ siècle, il aurait fait une démonstration sur un corps fraîchement choisi : il aurait salé ses morceaux préférés en les couvrant d'un mélange naturel de chlorure et de carbonate de sodium pour déshydrater les tissus. Enfin il aurait conseillé à ses invités d'attendre soixante-dix jours avant de laver puis oindre les tissus de baumes divers destinés à leur rendre une certaine souplesse et à leur donner une bonne odeur.

Cela ne l'avait pas dérangé que Dimitrius s'acharne à rendre méconnaissable les restes des cadavres avant d'aller les jeter quelque part. Il n'y avait pas non plus pris du plaisir, à vrai dire, cela lui était égal, il s'en moquait car, pour lui, l'essentiel était ailleurs.

Il contempla son œuvre principale, il manquait encore quelques touches finales pour atteindre la perfection, Le dessin au crayon représentant une femme nue ne devait être que suggéré. Il était essentiel qu'il soit dissimulé sous des bribes de cortex collées bout à bout.

Son œuvre serait le reflet de la recherche à laquelle il avait consacré sa vie entière. Seuls les êtres avertis et formés à l'égyptologie seraient enclins à comprendre ses théories. Son travail acharné, ses méthodes mais aussi ses très bonnes connaissances du grec, des langues sémitiques et du copte expliquaient le choix de cette écriture. Ceux qui chercheraient à comprendre devraient identifier les signes phonétiques et les signes graphiques animaux.

Bien sûr, il serait fort attaqué comme l'avaient été tous ceux qui avaient exploré les premiers une source brillante de célébrité et d'utilité.

- J'agirai en ami véritable de la science puisque cette œuvre sera construite à des fins de conservation.

Il avait prononcé cette phrase à voix haute sans même s'en rendre compte. Il hocha la tête en pensant qu'en Egypte, la sculpture et la peinture avaient toujours été considérées comme de véritables branches de l'écriture...

Il fut tiré de ses réflexions par l'arrivée de Dimitrius. Celui-ci s'était avancé vers lui prudemment de peur de le déranger.

- Le tableau est achevé, puis-je conduire la femme dans la salle?

Encore perdu dans ses pensées, il observa un instant son complice dont le corps entier semblait vibrer d'impatience.

- Un instant, je veux voir la toile.

Il sortit du mausolée et se dirigea vers l'écran. Il interpréta le portrait comme une sphère de cristal dans laquelle la beauté classique du nu resplendissait. L'œuvre était nourrie du profond tourment de l'artiste. Anna, dans son sommeil semblait en proie à des forces cosmiques et surhumaines. Horreur jubilatoire totale qui jaillissait là. Elle semblait perdre son âme au profit du Diable.

Entre ange et démon, voilà ce qu'il voulait démontrer. Lui, il avait le pouvoir de transformer le chaos en un Tout organisé et cohérent. Il était à ce point tout puissant qu'il lui suffisait d'un mot pour exiger la destruction totale de l'œuvre. Il ferma les yeux un instant.

La respiration même d'Anna semblait suspendue et retenue dans cet équilibre silencieux.

Il observa Rose qui s'était reculée au fond de la pièce. Elle grelottait de froid et avait un regard aussi fixe que vide.

Il poussa un soupir de tristesse. Il était temps de s'occuper d'elle. Il se tourna en direction de Dimitrius qui était resté derrière lui sans bouger d'un iota, et acquiesça de la tête.

- Quel connard ce mec, il ne voit pas qu'on est pressé.

Damnio avait branché la sirène de son véhicule banalisé mais certains conducteurs étourdis mettaient du temps à se ranger sur le bas-côté. Bien qu'elle fût bouleversée par la nouvelle, Anna avait tenu à rappeler l'hôpital. Une infirmière affable lui avait répondu que l'état de santé d'Edoir demeurait critique. Elle aurait davantage dû prendre soin de son vieil ami. Il n'était pas âgé, une cinquantaine d'années tout au plus, même s'il en paraissait davantage.

Elle ne pouvait s'empêcher de penser qu'elle était tout simplement une égoïste, elle s'était centrée sur son propre chagrin en oubliant qu'elle n'était pas la seule à souffrir. Il avait essayé de l'aider mais elle, qu'avait-elle fait pour lui ?

Adelle était morte, Rosy avait disparu et maintenant Edoir ! Le sort continuait à s'acharner et elle ignorait si, dans ces conditions, elle aurait la force de continuer. Combien de secousses l'être humain était-il en mesure de supporter ?

Damnio lui tendit un mouchoir en papier et elle essuya lentement ses larmes.

- Vous êtes plus forte que vous ne pensez Anna.

Pour seule réponse elle renifla et haussa les épaules. Que pouvait-il en savoir, ils se connaissaient à peine.

Le capitaine montra sa carte de police au gardien qui leur indiqua le chemin à suivre pour accéder au parking privé de l'hôpital.

Ils n'eurent aucune difficulté à se garer mais marchèrent un bon moment avant d'atteindre l'entrée principale.

Vu de l'extérieur, l'hôpital ressemblait davantage à un centre universitaire qu'à un établissement public. Maison de retraite, école d'infirmiers... tout était dans le même périmètre.

Ils grimpèrent en courant les larges marches qui les séparaient du hall pour s'arrêter net, surpris par la superficie digne d'un terrain de foot.

Des malades trop occupés pour s'intéresser à eux se déplaçaient d'un siège à l'autre ou déambulaient, accompagnés par des infirmiers ou des proches. Certains étaient affublés de pansements en tout genre, d'autres avançaient à l'aide de béquilles.

En pénétrant dans un lieu aussi décalé que celui-ci, on acceptait d'être projeté dans une autre dimension.

Le temps, l'odeur, les silences... rien n'était plus pareil. Malgré toute la souffrance que devaient supporter ces murs, on y respirait une note de paix et de sacré. Sans doute était-ce le murmure de la vie qui tentait de se frayer un passage. Anna repéra le splendide bureau d'accueil inoccupé, situé au beau milieu de l'édifice. La pénurie de personnels dans les hôpitaux ne concernait pas seulement le corps médical, on passait sous silence l'absence des secrétaires, assistantes sociales ou réceptionnistes. Heureusement, à l'orée des ascenseurs était inscrite la liste des différents services. Ils montèrent jusqu'au troisième étage et furent de nouveau confrontés à un dilemme. Le service de cardiologie était un véritable labyrinthe. Par chance ils trouvèrent presque immédiatement le bureau des infirmières où une stagiaire eut la gentillesse de les guider. Les différents secteurs portaient tous des noms différents : écrivains, oiseaux, province...

Le docteur Edoir, manque de place oblige, se trouvait dans une chambre double au lieu-dit « liberté ».

Son compagnon d'infortune semblait à l'article de la mort, il ouvrit brièvement les yeux lorsque les visiteurs le saluèrent de la traditionnelle formule de politesse pour replonger presque immédiatement dans un état semi-comateux.

Anna laissa le fauteuil à Damnio et s'assit sur le lit. Relié à un goutte-à-goutte, Edoir dormait paisiblement. Elle prit sa main dans la sienne et la porta près de sa joue.

Ils restèrent ainsi pendant quelques minutes jusqu'à ce qu'il ouvre les yeux et lui adresse un faible sourire. Anna se pencha légèrement comme pour l'embrasser :

- Vous m'avez fait une de ces peurs.

Il fixa le plafond un bref instant.

- Je lui ai fait comprendre que j'avais un travail à finir et il a accepté de m'accorder un délai.

- Vous avez eu votre lot d'épreuves ces dernières années, je suis désolée, j'aurais dû faire preuve de plus de compassion.

Il pressa la main de sa collègue et tourna la tête vers Damnio.

- Je vois qu'elle a réussi à vous traîner dans ce coin de paradis.

Le capitaine répliqua sur le même ton.

- Qu'est-ce que vous voulez, je suis accroc.

- Ecoutez vous deux, je pense avoir débusqué quelque chose.

Il tenta maladroitement de se redresser sans y parvenir complètement. Damnio le souleva pendant qu'Anna repositionnait son oreiller.

- Je me sens mieux merci.

Il leur raconta sa recherche sur internet.

La jeune femme réfléchit un court instant ; de prime abord, le nom de l'association « la Chrysalide » ne lui disait rien. A son tour, elle raconta leur entrevue avec madame Lorenzo. Damnio avait passé un coup de fil à ses collègues qui faisaient une recherche sur le mari en question, d'ici peu il devrait en apprendre davantage.

Une infirmière aux allures de boxeuse en catégorie poids lourd les interrompit. Elle semblait fort mécontente. En son for intérieur, Anna pensa que cette fille avait raté sa coiffure tant sa couleur de cheveux tendait vers l'orange... Personne ne faisait exprès d'avoir une tête pareille.

- Les visites sont interdites à c t'heure. Qui vous a donné l'autorisation d'entrer?

Ne voulant pas mettre la jeune stagiaire dans l'embarras, ils s'excusèrent platement et se dirigèrent vers la sortie.

Désormais, l'avenir d'Edoir dépendait de son style de vie. Plus de tabac, plus d'alcool, des heures de sommeil suffisantes ainsi qu'une alimentation correcte étaient obligatoires.

- Vous avez intérêt d'être raisonnable sinon vous aurez affaire à moi, lâcha Anna avant de refermer la porte.

Dès qu'ils furent à l'extérieur, Damnio respira à pleins poumons. Il n'était pas mécontent d'être sorti plus tôt que prévu de cette chambre glauque qui puait la maladie, pas la mort! Non la maladie. Ces corps pas encore éteints qu'on maintenait à la vie tant bien que mal et qui commençaient déjà à sentir l'odeur de la putréfaction.

Il s'alluma une cigarette et en proposa une à Anna qui refusa.

- Décidément, il n'y a rien qui puisse vous dégoûter?

- Absolument rien!

Elle secoua la tête et leva les yeux au ciel, obligeant Damnio à se justifier:

- Bah, mourir de ça ou d'autres choses, de toute façon on bouffera tous les pissenlits par la racine, alors...

Dieu, que ce type pouvait être lourd parfois mais, et elle ignorait pourquoi, elle lui trouvait quelque chose d'attendrissant. Elle était convaincue que sous ses airs machistes se dissimulait un homme au cœur tendre. Peut-être même était-ce quelqu'un de profondément gentil et sensible.

Elle lui sourit et Damnio eut l'impression que le sol se dérobait sous ses pieds. Il mit un laps de temps à se ressaisir.

- Je propose que nous allions au commissariat, sans doute pourrons-nous obtenir quelques renseignements sur le gentil mari.

Anna pensa à Rosy et de nouveau, elle sentit le stress l'envahir, où pouvait-elle bien être et pourquoi ne donnait-elle pas signe de vie ? Elle emprunta le portable de Damnio et interrogea son répondeur à distance. Aucune nouvelle de son amie, seul trois messages de Josse qui demandait qu'elle le rappelle.

Qu'il aille se faire foutre !

- Vous dîtes ?

- Non rien, je pensais tout haut.

Elle en avait marre de se laisser conduire, aussi exigea-t-elle d'être à son tour le conducteur.

Damnio acquiesça mais ne tarda pas à regretter de lui avoir laissé le volant. Elle passa deux fois à l'orange bien mûr et doubla un véhicule sur une ligne blanche.

- Hé tout doux, tout doux...

Anna n'était pas une personne agressive mais la coupe était pleine et il fallait qu'il se passe quelque chose. C'était ça où elle allait péter un câble.

- Merde !

- Pardon !

- Merde, merde et merde! Si vous n'êtes pas content vous n'avez qu'à me lâcher les basques, j'en ai marre que vous me colliez aux fesses. Je ne vous ai rien demandé d'abord!

- Bon ok, on va régler ça une fois pour toutes. Arrêtez-vous.

- Pas le temps.

- Arrêtez-vous je vous dis!

A son ton acéré, il était clair qu'il ne plaisantait pas. Elle se gara tant bien que mal entre deux véhicules et feignit un début de torticolis.

- Je peux savoir d'où vient cette agressivité?

Elle soupira avec lassitude avant de sortir en claquant la portière.

- Je vous laisse à votre réflexion et je termine à pied, ciao....

Il la rattrapa et lui barra le passage. Avant même qu'elle n'ait eu le temps de réagir, il avait collé ses lèvres sur les siennes.

Surprise d'abord, elle n'eut pas la force de résister. Il caressa ses fesses puis glissa ses mains sous son tee-shirt.

Ils revinrent jusqu'à la voiture et Anna le laissa reprendre le volant. Ils n'échangèrent aucune parole, pas même lorsqu'il la ramena chez lui:

Il la bascula sur la table de la cuisine, retira son pantalon et écarta son slip.

Ils firent l'amour de façon sauvage, anarchique et sans tendresse. Elle se contentait de consommer, laissant évacuer sa rage et son stress. Lui, il la possédait enfin!

Il rythmait ses va-et-vient de soupirs forcés et bruyants. Anna serrait les bordures de la table. Enfin elle l'écouta jouir mais ne ressentit aucun plaisir. Cela n'avait rien à voir avec le fait qu'elle soit lesbienne et elle n'était pas frigide, son âme était auprès d'Adelle.

Cette partie de jambe en l'air avec Francis Damnio n'était pas un acte d'amour ni même une recherche de plaisir. Au mieux cela lui avait permis d'évacuer ses pulsions. Et puis pour la faire jouir il aurait dû s'y prendre autrement. Si la pire ennemie de la femme pouvait être la femme elle-même, elle était également la seule à la comprendre.

Il lui adressa un sourire timide et inquiet, et elle lui lança un regard noir.

Le désir transformait les hommes en des bêtes affamées.

Elle était blessée mais ne pouvait se résoudre à lui en vouloir. Pourtant, cela aurait été plus facile. Sans un mot elle se leva et partit sous la douche.

Elle laissa couler l'eau chaude sur sa peau et pleura doucement.

Damnio était mal à l'aise, jamais encore il n'avait fait l'amour aussi brutalement à une femme. Il réajustait ses vêtements quand une chanson de James Blunt jaillit de son portable. Il décrocha et remercia la providence :

Oui... Bon sang... On arrive !

Rose s'était débattue. Elle avait griffé son bourreau qui, tout en proférant des insultes, l'avait immobilisée en lui liant poignets et chevilles. Elle avait subi ses assauts des heures durant. Alors, et pour ne pas perdre la raison, elle avait compté les secondes puis les avait transformées en minutes. A présent, les yeux grands ouverts dans le noir, elle continuait à compter en silence comme pour conjurer le sort. Quand, de nouveau, elle perçut l'odeur et le souffle rauque de son agresseur sur sa nuque, elle enfonça ses ongles dans la paume de sa main et pria pour que ça s'arrête. Lentement il caressa ce corps tendu avec la pointe d'un couteau puis d'un geste brusque défit ses liens.

Instinctivement, elle se recroquevilla sur elle-même. Un léger arôme flottait dans l'air mais il ne faisait que camoufler une odeur plus tenace.

Il fallait qu'elle bouge, qu'elle trouve une issue, tout n'était peut-être pas perdu.

Elle rassembla son courage pour se lever et avança à tâtons. Le mur semblait recouvert d'une matière durcie par le temps. Elle palpa les formes qui se prêtaient au jeu de ses mains écorchées. S'il s'agissait de fossiles, c'était quelque part une forme d'espérance liée à une vie passée, elle devait se raccrocher à n'importe quoi, n'importe quoi qui pourrait donner un sens à cette folie.

Soudain la lumière jaillit et dans un éclair elle aperçut l'horreur, des morceaux de chairs éparses reconstituées sur des tableaux. Une musique de Wagner inonda les ténèbres couvrant à peine ses hurlements de frayeur. Paniquée, elle se mit à courir à l'aveuglette et se heurta aux restes des cadavres. Les murs voûtés de la salle en pierre faisaient écho à ses hurlements qui se transformaient en mugissements à chaque contact morbide. Une lumière jaune scintilla et vint recouvrir le plafond, elle s'agenouilla et bascula d'avant en arrière d'une façon incessante et rythmée, laissant la folie envahir son être.

Dimitrius avança sans bruit derrière elle et lui trancha net la carotide. Elle s'écroula et sa tête fut à terre longtemps avant son torse.

Il lui avait dit de faire ça proprement. Lui, il aurait voulu s'amuser encore un peu mais ce n'était plus possible. Il haussa les épaules. Pourtant, pour ce qu'ils allaient en faire, il ne lui semblait pas qu'il y ait urgence !

Il traîna sa victime par les jambes, faisant bomber encore davantage sa gorge béante.

Régulièrement battu par son père adoptif, Dimitrius Lorenzo avait mis le feu à la maison familiale dès l'âge de 5 ans et à 11 ans il avait tenté de se suicider en s'immolant par le feu.

Alors confié à une famille d'accueil, il avait toutefois réussi à terminer ses études et même à entrer en faculté de médecine. Son goût immodéré pour la dissection avait fini par inquiéter ses professeurs et il s'était alors orienté vers une école dans l'espoir d'effectuer une formation d'infirmier. Il existait une telle pénurie en ce domaine qu'il n'avait eu aucune difficulté à obtenir sa sélection.

Pendant cette période, beaucoup de jeunes femmes disparurent. La police considérait qu'il s'agissait de fugueuses en mal de vivre et ne faisait pas grand-chose pour les retrouver. Quand Dimitrius partait en chasse, nul doute que sa proie ne retournait jamais chez elle.

Mais sa vie n'avait pris sens que lorsqu'il avait retrouvé son véritable frère. Ils étaient pareils et la vie ne les avait séparés que pour mieux les réunir. Bien sûr, son aîné était plus brillant, plus confiant aussi et il l'avait aidé à se fabriquer une couverture du tonnerre. Un appartement dans un quartier chic, une femme, des enfants et un travail honorable... pas mal !

Il adossa le corps de Rose à une pierre de façon à ce que sa gorge soit clairement mise en évidence. Il saisit un couteau à lame recourbée et ouvrit le thorax à partir du haut. Quand l'opération fut terminée, il tira sur la trachée-artère et dégagea l'ensemble cœur-poumons.

Pendant qu'il poursuivait le débitage, son frère entra et observa le travail un bref instant avant de choisir soigneusement le scalpel qui lui permettrait de poursuivre son œuvre.

Dimitrius lui lança un regard rempli d'admiration. Son aîné savait exactement ce qu'il voulait. Les médecins croyaient qu'on ne pouvait pas soigner l'intelligence. Ils avaient tort ! Nul besoin de faire des études de médecine quand on était un génie. Ses recherches seraient un pas immense pour l'humanité et désormais elles appartiendraient à la postérité. Puisse-t-on lui en être à jamais reconnaissant.

Les policiers saluèrent Anna d'un geste aussi naturel que sympathique. Il faut dire que sa réputation avait dépassé le cadre de la région et qu'au commissariat central, elle était un peu considérée comme une icône. D'ailleurs, elle commençait à s'y sentir chez elle.

Un flic en uniforme vint à leur rencontre.

- J'ai les renseignements que vous m'avez demandés capitaine et je pense qu'ils vont vous intéresser.

A cet instant, Anna n'avait qu'une seule chose en tête.

- Avez-vous retrouvé Rose Lyoret?

Le policier réajusta son pantalon sur son ventre bedonnant.

- Heu non... mais nous avons des précisions sur Lorenzo.

Il était visiblement incommodé par la chaleur et ne cessait de passer sa main sur son front afin d'en essuyer la sueur.

Anna lui tendit un mouchoir en papier avant de suivre Damnio dans son bureau. Ce dernier s'empressa de parcourir le dossier déposé à son attention et émit un sifflement.

Le rapport relatait dans les moindres détails les éléments importants de la vie de Dimitrius Lorenzo.

Le capitaine informa Anna de l'épisode de l'incendie comme de la tentative de suicide de celui qui devenait de plus en plus suspect. Il enchaîna :

- Et attendez, ce n'est pas tout. Il lut à voix haute le rapport de ses collègues :

En 1988 et alors que Dimitrius, âgé de 16 ans, se trouvait chez sa grand-mère, celle-ci fut alertée par l'odeur infecte qui provenait du sous-sol. Son père adoptif inspecta la cave et trouva un corps en décomposition. Il s'agissait du cadavre d'une jeune fille d'à peine 15 ans.

Comme pour donner encore davantage de poids à ses propos, le capitaine tendit le dossier à Anna qui poursuivit la lecture avant d'en faire un résumé :

Dimitrius prétendit qu'il s'agissait d'une jeune toxicomane morte suite à une overdose. Il déclara avoir paniqué et ne pas avoir été capable d'en parler. Si la police eut quelques doutes sur la véracité des propos du jeune garçon, aucune charge ne fut retenue contre lui.

Damnio fit la conclusion :

Il fut convoqué au tribunal pour enfant et reçut une admonestation du substitut du procureur.

La jeune femme posa le dossier sur le bureau avant de se laisser choir sur la seule chaise disponible :

- Je ne comprends pas! Personne n'a eu l'idée avant aujourd'hui de se renseigner sur le passé des voisins des victimes.

Le capitaine récusa ses propos:

- Tout d'abord je vous rappelle que la victime comme vous dîtes vivait sous votre toit et qu'ensuite il est extrêmement difficile de trouver passage des mineurs dans les tribunaux, en particulier quand il n'y a pas eu voix de condamnation.

- Je vois et quoi d'autre?

- Et bien et alors qu'il était encore étudiant il fut convoqué à titre de témoin dans une affaire de disparition de jeune femme. Il la connaissait très peu mais ils fréquentaient le même club de sport.

- Sait-on ce que cette fille est devenue?

Damnio tourna rapidement quelques pages et laissa tomber nonchalamment ses mains sur le bureau.

- On n'a plus jamais entendu parler d'elle.

Il sortit en gueulant de son bureau:

- Frank!

Le gros policier se présenta avec une tasse de café à la main.

- Et sur l'association la Chrysalide, des infos?

- Que dal pour le moment, il semblerait qu'elle soit dissoute.

Anna réfléchissait, Edoir leur avait pourtant affirmé avoir clairement identifié un appel aux dons pour la recherche. S'il s'agissait d'une organisation solide, elle possédait certainement une liste de donneurs réguliers. Comment une association pouvait-elle disparaître du jour au lendemain ?

Était-il possible qu'il ait parlé à quelqu'un d'autre de cette découverte ? Non, Edoir n'était pas si stupide.

Damnio s'impatientait :

- Bien, nous verrons cela plus tard, pour l'instant nous allons interroger notre homme à son domicile.

Anna n'en croyait pas ses oreilles.

- Non mais vous rigolez ! Avec tout ce que vous savez vous n'allez pas l'arrêter ?

- Ah oui ? Et avec quelles preuves ?

Elle devait se montrer prudente car, après tout, elle n'était pas enquêtrice et sa présence dépendait uniquement du bon vouloir de Damnio.

Elle repensa à leurs ébats et sentit ses joues s'empourprer.

- Mais je ne sais pas moi ! On trouve un mec qui réside près des parents d'une des victimes, sa femme le suspecte, il possède à son actif un bagage plus que douteux et vous, vous ne trouvez rien d'autre à faire que de l'interroger !

- Eh bien si on devait croire toutes les femmes qui suspectent leur mari d'être des assassins, le nombre de prisons serait sans aucun doute multiplié par six.

Elle détestait l'air cynique et arrogant qu'il arborait en cet instant et elle fit un suprême effort pour ne pas l'envoyer bouler.

Damnio s'adressa à Frank tout en ignorant volontairement Anna :

- Nous allons l'attendre devant son domicile afin de le cueillir à chaud.

Par ses questions, Anna jouait les trouble-fête.

- Et qui vous dit qu'il ne s'y trouve pas déjà?

Franck, qui cherchait à se débarrasser de sa tasse, répondit à Anna en cherchant du regard un plateau d'occasion.

- Nous avons des collègues en place à l'hôpital ainsi qu'à son domicile depuis de nombreuses heures déjà. Nous avons contacté sa femme, il lui a affirmé qu'il serait chez lui à 21 heures précises.

Damnio frappa dans ses mains d'un air satisfait.

- Bien, Franck je vous charge de veiller à la sécurité de mademoiselle Perchowich pendant que je me charge de cette affaire.

Cette fois c'en était trop! Elle se planta face à Damnio et le fixa droit dans les yeux.

- Je viens avec vous!

Il remarqua un peu de vert dans le regard sombre d'Anna, en fut troublé mais resta déterminé.

- Pas question! Les choses pourraient mal tourner et je refuse que vous soyez exposée.

- Cela m'est égal!

- Dois-je vous mettre les points sur les « i ». Je n'en ai pas le droit. Alors maintenant vous êtes gentille et vous me laissez faire mon travail.

Non mais, il la prenait pour une débile ou quoi? Il la prit par l'épaule avec un brin de condescendance. Elle se dégagea prestement.

Un rapide coup d'œil autour d'elle la convainquit de ne pas se donner en spectacle, les policiers présents seraient trop heureux de se nourrir de la dispute du gentil petit couple. Elle toisa Damnio, il ne perdait rien pour attendre ce faux-cul.

- Franck!

- Oui, madame.

- Seriez-vous assez aimable pour me raccompagner à mon domicile.

Franck se tourna vers Damnio qui acquiesça.

Sans dire un mot et la tête haute, elle se dirigea vers la sortie, aussitôt suivie par le policier.

En vérité elle n'était qu'à demi-fâchée. La seule raison qui expliquait son comportement et aussi stupide que cela puisse paraître, incombait à sa fierté. Elle refusait de perdre la face envers Damnio, elle voulait qu'il sache qu'elle restait maître de la situation. Elle n'était pas amoureuse de lui, sûrement pas.

Pendant toute la durée du trajet, elle tenta d'être aimable avec Franck qui faisait de gros efforts pour alimenter la conversation.

- Perchowich, c'est russe non?

- Mon père était juif d'origine yougoslave.

- Il n'est plus juif?

- Non il est mort.

Afin d'avoir la paix, elle fut tentée de laisser le silence s'installer puis se ravisa.

- Je ne l'ai pratiquement pas connu. Je sais seulement qu'il était médecin. Ma mère a toujours refusé qu'on parle de lui. Elle disait que cela était trop douloureux pour elle.

Confus, il changea de sujet et fustigea les enseignants. Il avait deux filles à la maison qui ne savaient pas comment occuper leur temps parce que messieurs les profs étaient en grève...

Anna retrouva son domicile tel qu'elle l'avait laissé et n'eut pas le cœur de se rendre au fond du jardin pour vérifier qu'il n'y avait désormais plus rien à voir.

Elle posa son courrier sur la table et proposa à Franck de partager une boîte de cassoulet.

- Le meilleur de toute la région, lui déclara-t-elle en souriant.

Il continua à la saouler de propos inintéressants et poursuivit même quand elle déplia le sofa pour qu'il puisse se reposer un peu. Quand elle lui souhaita de passer une bonne nuit, il tapota la main sur son arme et lui adressa un « Soyez tranquille » qui était censé la rassurer.

Bien qu'elle se sentît angoissée elle renonça à prendre ses calmants. Ces dernières semaines sa vie avait explosé, ouais, un beau feu d'artifice avec sa tête au milieu. Elle ne savait plus où elle en était, c'était du grand n'importe quoi ! Malgré le film en trois dimensions qui se déroulait grâce à son imagination, elle réussit à s'endormir mais fut réveillée quelques heures plus tard par un bruit métallique. Son cœur battait la chamade, l'idée de s'enfermer dans le placard lui traversa l'esprit mais elle entra dans le salon et alluma l'interrupteur. Franck, la tenue débraillée, se servait un verre de bordeaux. En cet instant il avait l'air d'un petit garçon qui venait de se faire prendre en train de piquer des bonbons dans le placard... D'autant qu'il avait justement allumé une lampe torche pour éviter de se faire repérer.

Anna s'appuya sur la porte et poussa un profond soupir de soulagement.

- Vous m'avez fait une de ces peurs!

Tout de même un peu gêné, il ne chercha pas à s'excuser.

- Désolé... je vous sers un verre?

Elle hésita:

- Non merci, je préfère aller me reposer.

En général elle ne refusait jamais un grand cru, surtout lorsqu'il provenait de sa cave, cependant l'idée de devoir supporter une fois encore la conversation stérile de son gardien la fit renoncer.

Elle tenta de s'endormir à nouveau mais les éléments de l'enquête ne cessaient de se bousculer dans son esprit. En proie à une vague idée, elle se leva et sortit de la penderie les documents administratifs du couple. Jusqu'à présent elle n'avait pas imaginé une seule seconde que ces papiers puissent représenter un quelconque intérêt pour l'enquête.

Comme elle, sa compagne n'était pas une furieuse du rangement mais avec un brin de patience et d'organisation elle devrait pouvoir s'y retrouver.

Elle ouvrit les chemises les unes après les autres et n'en laissa aucune au hasard. Elle éplucha les impôts, les factures de téléphone en passant par les garanties des appareils ménagers. Mais c'est en fouillant parmi les talons des chéquiers usagers qu'elle fit une découverte intéressante. Un chèque de 50 euros avait été établi à l'ordre de l'association « la Chrysalide ». Adelle ne lui avait jamais parlé de cela mais il s'agissait de son argent et après tout elle n'avait pas de compte à lui rendre sur l'ensemble de ses faits et gestes. Le talon du chèque indiquait une date, le nom de l'association ainsi que des initiales : JL.

Cette fois un bruit de cristal brisé retentit dans le salon. Ce con avait réussi à casser un verre ! Elle perdait patience, elle entra mais n'eut pas le temps d'appuyer sur l'interrupteur car elle glissa sur une marre de vin et s'étala sur le sol. La lampe torche s'orienta sur la gorge tranchée de Franck et elle réalisa avec effroi qu'elle n'avait pas glissé sur du vin.

Elle n'eut pas le temps de hurler, la lumière inonda la pièce et c'est alors qu'elle reconnut une voix familière.

- Bonjour Anna, alors, content de me voir ?

Damnio venait de téléphoner au procureur et ce dernier n'était toujours pas dans de meilleures dispositions à son égard.

Le ton du magistrat signifiait clairement que Damnio était toujours sur un siège éjectable et qu'à la moindre erreur le capitaine perdrait l'affaire.

Autant dire qu'il marchait sur des œufs et devait rester vigilant à ce qu'aucune bavure n'entrave le déroulement de la procédure.

Dimitrius Lorenzo parvint à son domicile vers 21 heures et à peine ouvrit-il la porte de l'immeuble que Damnio se présenta en lui montrant sa carte. L'autre fit mine d'être surpris et invita le policier à le suivre à l'intérieur de son appartement.

Madame Lorenzo se fondit en excuses, elle devait coucher les enfants et ne pouvait assister à l'entretien. Damnio comprenait très bien et d'ailleurs le témoignage de son mari serait suffisant.

Dimitrius offrit un sourire forcé et l'invita à s'asseoir sur le sofa.

- Que puis-je pour vous ?

Le capitaine observa un instant le grand gaillard costaud assis en face de lui. Ses cheveux gras plaqués en arrière trahissaient une allure trop lisse qui le rendait d'emblée suspect. On a coutume de dire que l'habit ne fait pas le moine mais c'est loin d'être exact. La façon dont Dimitrius était fagoté aurait pu faire dire bien des choses à un expert en criminologie. Un pantalon de toile noire trop chaud pour la saison ainsi qu'une chemise en lycra démodée laissait à penser que l'individu vivait dans un monde utopique et décalé.

Damnio, gêné par l'encolure de son tee-shirt, porta la main à son cou pour le masser légèrement.

- Connaissiez-vous Adelle Dal Pas ?
- Celle qui est morte ?
- Oui, la fille de vos voisins.
- Comme ci comme ça, mais elle ne venait plus chez ses parents alors...
- Puis-je savoir comment vous le savez ?
- Oh et bien ici tout le monde se connaît sans jamais se connaître, les gens parlent vous savez... Puis-je vous offrir quelque chose à boire ?
- Non merci.
- Ah oui j'oubliais ! Jamais pendant le service ! Ah ah ah... mais j'espère que vous ne verrez pas d'objection à ce que je me serve un verre.
- Dure journée ?

Dimitrius remonta ses lunettes sur son nez et saisit une bouteille de whisky ainsi qu'un verre posés sous la table basse. Il se servit une double ration et s'installa confortablement.

- Je dois avouer que les malades mentaux ne sont pas de tout repos.

- Et vous en savez long sur le sujet!

Dimitrius se pencha vers Damnio.

- Mais c'est mon métier inspecteur.

- Capitaine. Nous savons que vous n'étiez pas à votre travail aujourd'hui, vous vous êtes fait remplacer au dernier moment par une de vos collègues.

- Dois-je comprendre que je suis suspect, parce que si c'est le cas je préférerais téléphoner à mon avocat.

- Vous ne voulez pas répondre à mes questions sans la présence de votre avocat?

- J'étais fatigué et stressé, je suis allé marcher sur la plage pour me détendre un peu.

- Des témoins?

- Non!

Damnio désigna du menton le pansement qui dépassait de la chemise de celui qu'il désignait déjà comme un coupable potentiel.

- Et c'est à la plage que vous vous êtes fait cette blessure?

Dimitrius répondit avec indifférence et releva sa manche.

- Ça? Une malade en crise, voilà tout.

Le capitaine se leva et prit un ton plus ferme:

- Monsieur. Tout nous laisse à penser que vous n'êtes pas étranger à la série de meurtres qui s'est déroulée ces derniers temps. Nous allons devoir fouiller votre appartement.

- Et si je refuse?

- Vous savez, c'est juste une question d'heures, le temps que le procureur nous donne un mandat de perquisition. De plus, vous allez devoir me suivre.

- Dans ce cas, je vais contacter mon avocat.

Dimitrius se dirigea vers le téléphone qu'il esquiva pour se réfugier sur le balcon. Puis, tout alla très vite, il ferma la porte derrière lui et sauta par-dessus la balustrade pour s'écraser sur le sol.

Il se releva péniblement et tenta de s'échapper en traînant sa jambe. L'imbécile aurait dû songer que l'immeuble était quadrillé par la police et il se retrouva un flingue sous le nez en moins de temps qu'il faut pour le dire.

A la façon des policiers de mauvais films de série B, il fut plaqué contre un véhicule avant d'être fouillé et menotté.

Damnio rejoignit tranquillement ses collègues en uniforme. Pour une fois, les choses s'étaient déroulées exactement comme il l'espérait.

- Cette fois mon gars, tu es bien en état d'arrestation.

Il prit le temps de lui lire ses droits. Il gardait en tête la conduite à tenir: pas d'entorse au règlement.

Il lui appuya sur la tête pour le forcer à s'enfourner sur le siège arrière d'une voiture de police. Dimitrius ne se retourna pas et ne vit pas la foule de curieux qui s'amassait au pied de l'immeuble.

Trois étages plus haut, madame Lorenzo serra un peu plus fort sa veste sur sa poitrine, elle avait couché les enfants et son mari venait d'être arrêté : les choses allaient enfin rentrer dans l'ordre.

- Fausse alerte, mais tu as intérêt à soigner ton hygiène de vie sinon je ne te donne pas un an avant de reposer entre quatre planches.

Le médecin du service hospitalier était spontanément passé au tutoiement. Outre le fait que les deux hommes soient tous deux médecins, ils s'étaient découvert nombre de points communs. Ils fréquentaient le même centre de thalasso et surtout, le même terrain de golf sans jamais être parvenus à s'y croiser.

Edoir savait pertinemment que s'il continuait à boire de la sorte ses jours seraient comptés. Mais pour l'heure, il se sentait mieux et il refusait de penser aux ravages que provoquait l'alcoolisme mondain sur sa santé. De plus, il commençait à s'ennuyer. Cette chambre d'hôpital était aussi triste que lugubre et l'état quasi embaumé de son voisin lui donnait un cafard monstrueux.

Il repensa à sa découverte.

La Chrysalide: tout le monde savait que cet insecte, dans le processus de transformation, se situait entre le stade de la chenille et celui du papillon et qu'il était souvent enfermé dans un cocon de soie. Bon d'accord mais qu'est-ce qu'il pouvait bien faire de ça?

Soudain, il frappa la paume de sa main à l'aide de son poing. Le médecin venait de comprendre une chose essentielle.

Bon sang! Cette fois il tenait une piste et il n'était pas question de rester inactif.

Il devait à tout prix quitter l'hôpital. Il s'habilla aussi vite que possible et quitta sa chambre avant de tomber nez à nez avec l'infirmière de garde. Celle-ci courut chercher le chirurgien qui tenta de persuader son patient d'être raisonnable. Ce fut peine perdue, Edoir signa une décharge et poussa la porte du service bien décidé à ne pas se laisser influencer.

Il ne prit ni taxi ni bus car il rêvait de respirer autre chose qu'une odeur d'urine et autres agréments. De toute façon, une petite marche ne pourrait pas lui faire de mal.

Il se remémora les années passées à la faculté. Un cours sur l'étude de l'encéphale l'avait particulièrement marqué. A l'époque, un éminent chercheur publiait un article sur la possibilité d'agir sur le cerveau par l'utilisation d'électrodes. Cette opération comprenait de nombreux risques car les électrodes devaient être placées à l'intérieur de la cavité entre le cortex et l'hippocampe. Il se souvint avoir parcouru cet article. Le chercheur dont il ne se souvenait plus le nom, avait volontairement comparé la boîte crânienne à un cocon de soie. Cette technique était censée engendrer une période de mutation déterminante pour guérir moult déficits mentaux et l'autisme en particulier.

Leur professeur d'université avait fermement condamné cette hypothèse qui, d'après lui, n'avait rien à envier aux méthodes de conditionnement employées par les nazis envers les homosexuels. Le but étant, bien sûr, d'obéir à une norme dictée par le régime.

Cette histoire avait fait grand bruit. En effet, outre le fait que la thèse de ce savant avait été rejetée par l'ensemble des médecins, de nombreux animaux étaient morts dans d'atroces souffrances suite à des expériences aussi désastreuses qu'irresponsables.

Plus tard, une expertise psychiatrique fut effectuée à la demande du Conseil de l'ordre et le diagnostic confirma que l'homme souffrait d'une forme de schizophrénie. Après cela, il fut radié à vie de sa corporation et termina ses jours dans les quartiers de haute sécurité de l'hôpital psychiatrique de Bordeaux. Comment cet homme s'appelait-il déjà ? Ah oui, Joan Lowens.

Lorsqu'il entra dans son logement, il constata que les morceaux de l'amphore avaient été balayés et poussés en un tas au fond de la pièce. Il devait une fière chandelle à sa femme de ménage car si elle ne l'avait pas trouvé agonisant sur le sol, sûr qu'il ne serait plus de ce monde. Il saisit quelques morceaux de sa pièce de collection et soupira de dépit. Il l'avait achetée avec sa femme en Italie. Un morceau de sa vie passée venait encore de se faire la malle !

Il alluma l'ordinateur pour reprendre sa recherche là où il l'avait laissée.

Rien... plus rien!

Toutes les données avaient été effacées et, à l'exception d'Anna et Damnio, il n'avait parlé à personne de l'association. La seule explication plausible était qu'une personne ait été informée de sa recherche. Se pouvait-il que ce soit le tueur et dans ce cas, comment cela était-il possible?

Il se connecta sur son ordinateur portable. Il avait mis en place un système d'enregistrement systématique de ses recherches sur internet via sa messagerie et avec un peu de chance, les documents auraient été sauvegardés.

Edoir laissa échapper sa joie, les données étaient intactes.

Il laissa dérouler la liste des adhérents et fut à peine surpris de trouver parmi eux les noms des victimes.

Il parcourut le site et s'arrêta sur un article signé JL.

JL prônait l'équité, en particulier pour l'apprentissage cognitif. Il rêvait d'un monde uniforme où l'égalité des chances serait reine et où chaque individu posséderait une remarquable intelligence.

Belle idée en perspective. Oui, sauf que la fin ne justifiait pas les moyens et ce, d'autant plus que le chercheur proposait une série d'opérations chirurgicales occultes. Seuls, des novices pouvaient se laisser séduire par la série scientifique et artistique d'explications intellectuelles qui, en réalité, ne voulaient strictement rien dire.

Il était légitime de penser que l'individu ait réussi à contacter quelques familles d'enfants handicapés dans le seul but de proposer ses services.

La mère d'Adelle savait peut-être quelque chose à ce sujet. Il s'était occupé de Lucas autrefois et il se savait apprécié de par ses parents.

Il sortit son annuaire électronique du tiroir d'une commode sur laquelle était posée une bouteille de rhum et, sans même réfléchir, se servit un verre.

De la façon dont madame Dal Pas lui répondit, il comprit que quelque chose n'allait pas.

- Il nous arrive une chose horrible docteur, aidez-nous je vous en prie.

- Puis-je savoir ce qui se passe?

- Lucas a disparu.

- Avez-vous prévenu la police?

Madame Dal Pas s'effondra en pleurant, aussi prit-il un ton rassurant,

- Bien, je passe vous voir dès que possible.

L'affaire prenait une étrange tournure et Edoir en était persuadé: d'une façon ou d'une autre, l'enlèvement de l'enfant corroborerait son hypothèse.

Il renonça à vider un second verre et ingurgita ses médicaments sans prendre la peine d'aller chercher une bouteille d'eau dans la cuisine. Le goût amer de ses cachets lui provoqua aussitôt une nausée et il dut se réfugier quelques instants dans les toilettes. Il se moucha, essuya ses yeux et poursuivit son travail de prospection.

Il se reconnecta de nouveau sur le Web et rechercha la photo du professeur maudit par ses pairs. Il trouva un portrait effectué par un étudiant pour un travail de fin d'étude en psychiatrie.

Non, vraiment! Mais... Il imprima le portrait et tenta d'imaginer le personnage sans barbe, sans lunettes et avec des cheveux mi-longs.

Cet homme ressemblait à une de ses vieilles connaissances. Se pourrait-il... Joan Lowens mais son véritable nom était Joan Perchowich.

Il n'en revenait pas. D'après ce qu'il savait, ce type était mort depuis environ cinq ans. Il était sûr d'au moins une chose, Anna ignorait tout de cette histoire... Etait-il possible que quelqu'un d'autre ait eu vent de sa filiation ?

Après un court moment de réflexion, un seul nom lui vint à l'esprit et, à présent, les éléments se regroupaient comme les pièces d'un puzzle.

Il devait prévenir Anna d'urgence car il était probable qu'elle fût en danger. Quant à Lucas, il n'osait même pas imaginer quel serait son sort si un fou furieux mettait à exécution les théories dont il venait de prendre connaissance et qui s'inspiraient largement de la recherche de Perchowich.

Il tenta de joindre sa collègue sur son portable puis à son domicile sans succès. Il appela le commissariat mais Damnio était parti soi-disant en mission et on lui suggéra de laisser un message.

Une fois de plus il était à cran. Pas bon pour sa santé tout ça!

Finalement il se servit un second verre de rhum et lança un regard furtif à la bouteille. De toute façon, le stress le tuerait avant l'alcool.

Il monta dans sa Land Rover et démarra en trombe, il pensait savoir l'endroit où pouvait se trouver le tueur.

L'idée qu'il était préférable d'attendre le retour de Damnio l'effleura à peine, il était poussé par l'irrésistible envie de connaître la vérité.

Damnio avait cherché à joindre Franck à plusieurs reprises, sans succès, le portable cellulaire du policier restait muet. Le capitaine n'était pas vraiment inquiet car la maison d'Anna se situait dans un lieu perdu où les problèmes de captation étaient monnaie courante.

Il tenta de contacter la jeune femme sur son fixe mais lorsque le répondeur s'enclencha il devint franchement inquiet.

Il se déplaça en urgence avec son équipe jusqu'au domicile d'Anna, mais il ne put que constater le décès du policier Franck Lefèvre. Son corps baignait dans une mare de sang et, de toute évidence, il venait d'être égorgé. Armés jusqu'aux dents, les tireurs d'élites fouillèrent chacune des pièces de la demeure mais ne trouvèrent rien d'autre que des effets personnels.

Il y avait de fortes probabilités pour qu'Anna Perchowich ait été enlevée.

Damnio se sentait responsable de la mort de Franck et malgré la peine qui le submergeait, il restait déterminé à mener son enquête.

- Il n'a pas souffert, murmura le lieutenant.

Il aurait aimé avoir le temps de réfléchir mais bientôt une autre mauvaise nouvelle vint s'ajouter à la mort du policier : au téléphone, madame Dal Pas hurlait et sanglotait de douleur : Lucas avait disparu.

Encore secoué par la vision du mort massacré sur le carrelage, il n'attendit pas la police scientifique et exigea qu'on le reconduise au commissariat. De toute évidence l'affaire partait en couille et il ne donnait pas deux heures au procureur pour débarquer et secouer tout ce merdier. Heureusement, il avait plus d'un tour dans son sac et aucun scrupule à les utiliser.

Le capitaine ordonna une réunion de crise puis entra dans la salle réservée aux interrogatoires.

Depuis son arrestation, Dimitrius s'était muré dans un mutisme absolu.

- Laissez-nous seuls.

Les deux policiers en faction semblèrent embarrassés.

Damnio insista.

- Laissez-nous seuls !

- Capitaine, le règlement stipule qu'en l'absence de demande écrite du procureur le prisonnier ne doit en aucun cas rester seul.

- Dégagez !!!

Apparemment surpris par la violence verbale de leur supérieur, les deux hommes quittèrent la pièce.

Damnio posa ses deux mains sur la table et se pencha vers le suspect.

- Écoute-moi bien, fils de pute, un flic vient d'être buté et une jeune femme ainsi qu'un môme ont disparu, alors maintenant tu vas gentiment me dire ce que tu sais.

Pour seule réponse, Dimitrius offrit un sourire de satisfaction.

Damnio sortit son arme de service et plaqua le canon sur le front du meurtrier.

- Pour un infirmier en psy, tu n'es pas très malin, chez toi nous avons retrouvé des mèches des cheveux appartenant aux différentes victimes; quant à moi, il est probable que je me fasse virer de l'enquête d'ici peu. Donc je n'ai plus rien à perdre et je te jure que je n'hésiterai pas à tirer, espèce de salaud. Un accident est si vite arrivé...

Le regard vide de Dimitrius obliqua vers Damnio:

- Il est déjà trop tard!

- Si tu tiens à ta peau, il va falloir être beaucoup plus explicite que ça.

- Il est bien trop fort pour vous.

- Qui il?

- Mon frère.

Damnio remit le cran de sûreté et s'installa sur une chaise en face de l'assassin.

- Vous voulez parler de votre famille adoptive?

- Non, mon frère.

- Nous avons effectué une enquête approfondie et je dois dire que nous avons trouvé des choses très intéressantes. Votre famille naturelle est morte dans un accident de voiture. Vos parents et votre petite sœur Claire... Vous n'avez jamais eu de frère, quelqu'un s'est servi de vous.

- Je ne vous crois pas.

Damnio interpella les policiers restés devant la porte et exigea qu'on lui apporte le dossier.

Le capitaine passa derrière son prévenu et lui chuchota à l'oreille.

- Mais tout n'est pas perdu. Si tu balances ce faux frère, il l'aura dans l'os et au bout du compte le plus fort ce sera toi.

Dans un élan de furie Dimitrius tenta de se débattre mais il était solidement menotté, et sa chaise et la table étaient fixées au sol.

Damnio récupéra le dossier donné par son subalterne, repassa derrière Dimitrius et tourna les pages une à une avec photos et livret de famille à l'appui pour lui prouver ses dires.

Dimitrius resta un long moment comme hébété. A cet instant le capitaine n'avait nul besoin de l'aide d'un psychiatre pour poser un diagnostic. Ce cinglé n'allait pas tarder à lui claquer entre les doigts.

D'une voix rauque Lorenzo prononça un mot :

- Chrysalide.

A présent l'interrogatoire reposait sur un fil, aussi Damnio changea-t-il de ton. Il prononça chaque mot d'une voix douce et chaude comme s'il s'adressait à un enfant.

- Nous savons qu'il s'agit du nom de l'organisation. Où se trouve-t-elle ?

- Le manoir au milieu des pins.

- Où se trouve-t-il ?

Mais Dimitrius n'était plus là, la tête penchée en arrière, les yeux révulsés, il semblait en état de transe.

Le capitaine secoua la tête de dépit, sûr qu'il ne pourrait plus rien en tirer. A présent mieux valait appeler un toubib. En son âme et conscience, Damnio venait d'accomplir son devoir.

Il alluma une cigarette puis alla remercier les deux policiers d'avoir accepté de jouer la comédie dans la salle réservée aux interrogatoires.

L'un deux semblait particulièrement peiné.

- C'est le moins que nous puissions faire pour ce pauvre Franck!

Soucieux, le capitaine regagna son bureau.

Le manoir dans les pins! Combien de manoirs existait-il dans le coin?

Il téléphona au directeur régional des affaires culturelles qui lui suggéra plusieurs possibilités. Après une brève discussion, l'homme lui faxa une liste de quelques manoirs situés dans la région et qui possédaient un terrain sur lequel étaient plantés des pins.

Il devait immédiatement partir, il n'y avait plus une minute à perdre. Damnio laissa quelques consignes à son équipe pour informer le procureur du déroulement des opérations.

Comme le lieutenant s'apprêtait à téléphoner, Damnio avait posé la main sur le combiné:

- Attends une heure ou deux... c'est un ordre, compris?

En prenant place dans son véhicule, il ne put s'empêcher de penser à la tête de Quercy lorsqu'il s'apercevrait que l'affaire venait de lui échapper.

Installée dans un fauteuil de style Louis XV, Anna ressemblait à une princesse blasée par trop d'éloges.

Pourtant, sa pâleur digne des poudres d'antan n'était pas l'œuvre de femmes de chambres trop zélées. En réalité, ses poignets écorchés, liés aux accoudoirs, commençaient à saigner et elle souffrait d'un terrible mal de tête. Ce salaud l'avait assommée avant de la transporter dans un endroit aussi puant que glacial.

Vêtue d'une simple blouse blanche, elle frissonna. La seule pensée que le tueur puisse de nouveau poser ses sales pattes sur son corps était insupportable.

Son siège, posé sur un balcon, surplombait une salle immense où seul le plafond était éclairé.

Alors qu'elle tentait une fois de plus de défaire ses liens, la lumière descendit progressivement pour former une auréole sur le sol cimenté. C'est alors que Josse, en apparat de médecin, sortit des ténèbres pour se placer au centre de la bulle.

Pour un peu on se serait cru au cirque.

Il retira son masque de chirurgien et l'interpella.

- Sois reconnaissante car dans un instant tu assisteras à ce que nul autre avant toi n'a eu la chance de voir.

Anna tenta désespérément de maîtriser ses tremblements mais elle savait ce dont il était capable et elle ne parvenait pas à se calmer.

A quel moment Josse était-il devenu fou, pourquoi Edoir n'avait-il rien vu ?

La mâchoire serrée elle lâcha d'une voix étranglée :

- Pourquoi ?

- Mais parce que tu es l'élue ma chérie. Celle que j'ai choisie pour découvrir mon œuvre. Ton père était au courant !

Anna était au bord de la crise de nerfs mais, dans un ultime effort, parvint à se calmer.

- Je ne comprends pas.

- Te souviens-tu d'une de nos conversations au sujet du docteur Joan Lowens. Et bien j'ai découvert, un peu tardivement sans doute, qu'il s'agissait de ton père.

En effet, un soir à Bruxelles, il l'avait longuement entretenue sur les théories de ce savant. Il soutenait que cet homme était un génie et si Anna n'avait pas démenti ses propos c'est seulement parce qu'elle était fatiguée et qu'elle rêvait d'avoir la paix. Mais l'ardeur de Josse à défendre ce chercheur l'avait surprise. D'une voix étranglée elle affirma :

- Mon père est mort.

- Oui ma chérie, mais il y a seulement cinq ans et je dois dire que je l'ai un peu aidé. Vois-tu, à une époque, dans la variété infinie du caractère intellectuel des hommes, je me suis plus particulièrement intéressé aux aliénés et aux criminels. Je dois avouer que ton père en était lui-même un parfait exemple.

Nous tenions tous deux à une chose: dissiper tout soupçon de fatalisme. Grâce à la médecine, tout pouvait être réparé. Et, aujourd'hui, j'en ai la preuve.

Un court instant, Anna tenta de se débattre.

- Ah, je vois... tu es déçue car papa est mort... on a bien travaillé tu sais... Quand il a compris que j'allais m'approprier son savoir, il s'est montré plus réticent mais je sais me montrer très persuasif. Je lui ai dit que son refus risquait de coûter la vie à sa fille adorée et il s'est montré beaucoup plus coopératif. Il aurait dû admettre que j'étais beaucoup plus brillant que lui. C'est que moi, je suis non seulement un scientifique mais également un artiste.

Mais je t'ai observée pendant toutes ces années et je sais que tu es comme moi. Ce que tu aimes dans l'art, c'est le rappel omniprésent à la réalité, l'effet miroir qui te secoue les tripes.

La lumière inonda la salle et Anna eut l'impression qu'un poignard lui transperçait le cœur, elle ouvrit la bouche pour hurler mais aucun son n'en sortit.

Le spectacle était fou.

Des morceaux de chairs humaines séchées étaient exposés à la façon des œuvres d'art au Louvre.

Mais le plus atroce c'était cette reproduction du *Bœuf écorché* de Rembrandt redessiné à l'aide d'un corps humain, éventré, vidé. La base frontale de la tête avait été ôtée mais Anna reconnut Rosy.

A cet instant, elle fut à deux doigts de s'évanouir.

Le ton de Josse se fit soudain plus autoritaire.

- Ouvre les yeux ou je te jure que je n'hésiterai pas à te les crever.

Elle se força à regarder. Derrière le corps de Rose elle reconnut son portrait.

D'une voix fébrile elle demanda:

- Pourquoi?

- Mais pour mon œuvre! Elles se disaient toutes concernées par l'évolution de la science et avaient même signé quelques chèques au nom de mon association. Ne te méprends pas, j'aurais tout aussi bien pu choisir des hommes mais mon associé adore les femmes.

Quant au tableau... mais ma chérie, pour honorer ton père.

Je n'ai pas compris tout de suite qu'Adelle était ta compagne, sinon elle serait à la place de ton amie peintre bien sûr.

Des larmes coulaient sur les joues d'Anna, elle lui parla doucement.

- Josse, tu es malade, laisse-moi t'aider, je t'en supplie.

Pour seule réponse il appuya sur un bouton qui eut pour effet d'actionner une poulie, et c'est dans un bruit de ferraille assourdissant qu'une cage vint se placer au centre de la pièce.

- Je vais t'étriper misérable!

Lucas se tenait agrippé aux barreaux de sa prison et comme à chaque fois qu'il se sentait angoissé, il déclamait des tirades sortit du film de *Peter Pan*. Là il avait pris l'intonation du capitaine Crochet.

Anna essaya de le rassurer en manifestant sa présence:

- Je suis là, ne t'inquiète pas, tout va bien se passer maintenant.

- Une femme à bord et c'est la malédiction.

Anna sentit sa gorge se serrer:

- Que veux-tu faire de lui?

- Voyons, voyons... Tu n'as pas encore deviné? Là franchement tu me déçois, je pensais qu'intelligente comme tu es, tu aurais déjà compris!

- Tu ne vas pas...?

- Mais si! Je vais appliquer la théorie du docteur Perchowich et je vais opérer cet enfant.

Le regard de Josse brillait d'excitation.

- Rends-toi compte, tu vas assister à l'opération du siècle.

- Tu n'es même pas chirurgien, tu vas tuer Lucas.

- Ne me sous-estime pas.

La lumière s'éteint, abandonnant Anna et Lucas à la noirceur des ténèbres.

- Misérable Peter Pan, c'est à cause de lui que tout est arrivé. Sacré nom d'un pétard, j'ai les fesses en feu. Vite... fuyons.

Anna tentait désespérément de contrôler la peur panique qui l'envahissait.

- Calme-toi, tu n'es pas seul, je suis là et nous allons bientôt quitter cet endroit, je te le promets.

La propre voix de l'enfant se fit entendre :

- Anna ?

- Oui Lucas.

- Pourquoi le crocodile a-t-il avalé le capitaine Crochet ?

La commune des Mathes-la Palmyre était entourée par les forêts domaniales des Combots, soit au total 8 000 hectares de forêts de pins maritimes.

Le docteur emprunta une route étroite et sinueuse censée le conduire jusqu'au manoir de Josse. Par le passé il s'était promené de nombreuses fois dans le secteur.

D'aspect rustique en raison de son crépi endommagé, l'édifice laissait apparaître ses murs en moellons. Les connaisseurs appréciaient l'architecture qui datait du début du XVIIe siècle, notamment la jolie porte d'entrée cantonnée de dosserets portant un fronton triangulaire brisé.

De conception épurée, le logis adoptait un plan rectangulaire à trois niveaux dont un insérait une tour d'escalier en œuvre.

Trois travées d'ouvertures éclairaient la façade antérieure de l'édifice contre laquelle venaient s'appuyer perpendiculairement les dépendances.

Edoir se gara devant ce qui devait être jadis la chapelle du domaine et s'arrêta devant une porte cochère à ferrure et peinte en vert foncé. Il poussa la lourde porte et s'engagea dans un escalier pentu, protégé par un toit d'ardoise. Il découvrit plusieurs niveaux de caves. L'une d'elle abritait des outils de maçonnerie et il en conclut que des travaux d'aménagement des sous-sols avaient probablement eu lieu.

Après avoir dévalé plusieurs escaliers, il accéda à un souterrain refuge qui déboucha sur une pièce située trois mètres plus haut.

Là, il entendit le son d'une musique classique et avança avec précaution. Il n'eut pas à ouvrir la porte en bois usée qui était entrouverte. Il fut intrigué par l'image de la caméra de surveillance fixée sur une pièce blanche, aussi vide que froide, et pensa qu'il venait de pénétrer dans une sorte de bureau secret. Prenant soin de ne faire aucun bruit, il s'approcha et appuya sur quelques boutons qui actionnèrent le système vidéo. Il passa ainsi en revue quelques pièces de la maison. S'il en reconnut certaines, d'autres éveillèrent sa curiosité et notamment celle qui ressemblait à s'y méprendre à un laboratoire de boucherie.

En proie à un mauvais pressentiment, il se retourna. Josse pointait une arme vers lui.

Avant même d'avoir le temps de réagir il reçut une balle dans le ventre.

Alors qu'Edoir se tordait de douleur sur le sol, l'autre s'approcha avec la ferme intention de l'achever.

- Plus un geste où je vous fais exploser la cervelle !

Damnio se tenait debout à l'entrée de la pièce et visait la tête de Josse. Ce dernier pressa son revolver un peu plus fort sur la tempe du docteur.

- Essayez pour voir!

Il traîna sa victime dans la pièce voisine en prenant soin d'en verrouiller la porte.

Alors que ses hommes faisaient la tournée des manoirs, Damnio retournait sur ses pas. Les effets personnels retrouvés chez Anna comprenaient un sac à main et, alors que son devoir exigeait qu'il le remette à la police scientifique, il l'avait conservé dans l'espoir de le remettre en main propre à sa propriétaire. Une erreur de débutant et il devait bien l'admettre, ses sentiments avaient faussé son jugement. Le sac comprenait un téléphone portable sur lequel Edoir avait laissé un message qui disait qu'il se rendait chez Josse. Dès lors tous les indices s'étaient recoupés et ce, d'autant que le patron d'Anna possédait un manoir dans la forêt des Combots.

Pour l'heure il n'avait pas le temps d'attendre les renforts et il devait trouver le moyen d'entrer dans la pièce où les deux hommes étaient enfermés. Il actionna de nouveau l'appareil de surveillance et zooma les différentes pièces les unes après les autres jusqu'à ce qu'il tombe sur le théâtre de l'horreur.

Il n'en croyait pas ses yeux: Josse en tenue de chirurgien en train d'anesthésier Lucas ligoté sur une table d'opération.

Il orienta la caméra et aperçut Anna immobilisée sur un fauteuil et qu'on avait volontairement placée là en spectatrice. Il plaça sa main sur sa bouche en découvrant les tableaux ornés de morceaux de cadavre ainsi que la dépouille d'une femme sur une œuvre dont il ne se souvenait plus du nom. Il devait à tout prix garder son sang-froid et trouver une solution car ce fou allait tuer le gamin. Soudain il entendit le loquet d'une porte qu'on soulevait avec peine, il s'approcha d'une issue pas plus grande qu'une niche et trouva Edoir qui agonisait. Josse l'avait abandonné, le laissant pour mort et celui-ci avait trouvé l'énergie nécessaire pour ouvrir à Damnio. Le capitaine lui souleva prudemment la tête mais ce fut pour recueillir son dernier souffle.

Damnio se glissa dans l'impasse et entendit la voix de Josse qui expliquait le détail de l'opération :

- En tournant la vis de cuivre, je vais constater le point où le bouton inférieur s'arrête, ainsi je saurai exactement où placer l'électrode.

Lorsque le capitaine parvint dans la salle, le tueur s'apprêtait à découper le crâne de l'enfant.

Damnio tira sans sommation à plusieurs reprises sous le regard effrayé d'Anna.

Josse incrédule recula de quelques mètres avant de s'écrouler sur le sol.

Pendant quelques secondes, seul le silence fut important.

Anna roulait sur l'autoroute en direction de Bordeaux. Les affaires de son père ne se limitaient qu'à quelques vêtements ainsi que des livres, mais elle tenait à les récupérer. D'après le directeur de l'hôpital psychiatrique, Joan Perchowich n'avait jamais parlé de son passé et la fosse commune s'inscrivait comme sa dernière volonté.

La vie entière d'Anna reposait sur un mensonge et elle en voulait à sa mère de lui avoir dissimulé la vérité. On ne ment pas à un enfant sur ses origines car tôt ou tard la vérité finit toujours par surgir. En l'occurrence, elle lui avait sauté au visage avec une telle violence qu'il lui faudrait du temps pour s'en remettre. Pourtant, elle se sentait encore vivante et ce, même après avoir vu ses proches tomber les uns après les autres. Elle était allée à l'enterrement de Rose et Edoir pour leur rendre un dernier hommage. Elle avait choisi de lire un texte de Kipling pensant qu'ils l'auraient aimé.

Désormais, elle ne serait plus jamais la même. Certains deuils sont impossibles, elle pourrait rire de nouveau peut-être mais la douleur resterait inscrite dans sa chair.

Son expérience aurait dû lui permettre d'être plus clairvoyante, aussi estimait-elle qu'une part de responsabilité lui incombait. Les individus ne basculaient pas du jour au lendemain dans la folie et si elle s'était montrée moins égocentrique, sans doute aurait-elle observé des changements d'attitude chez son supérieur.

Damnio avait tiré sur Josse à bout portant sans sommation. Pourtant, son témoignage soutenait le contraire. Elle avait dit que son kidnappeur s'apprêtait à commettre l'irréparable sur l'enfant malgré plusieurs mises en garde du capitaine.

Josse n'avait eu que ce qu'il méritait!

Elle soupira en pensant qu'au bout du compte son mensonge n'avait pas servi à grand-chose. Damnio allait probablement quitter le commissariat central.

En effet, ses supérieurs qui le tenaient pour responsable de la mort de Franck, lui proposaient un poste en Guadeloupe.

Qu'ils aillent se faire foutre! avait lâché le capitaine.

A présent, il envisageait très sérieusement de mettre un point final à sa carrière de flic afin de s'installer dans le privé.

Il admettait difficilement qu'Anna ne soit pas amoureuse de lui et bien qu'elle fut on ne peut plus claire, il continuait à la relancer. Elle commençait à se demander s'il finirait un jour par comprendre qu'elle ne pourrait plus jamais aimer personne.

Elle se gara dans le parking souterrain situé non loin de l'hôpital Cadillac. Avant d'entrer, elle pensa que Cadillac était un nom étrange. Il lui faisait penser davantage à un garage de voitures qu'à un centre de soins. De plus, le quartier des malades dits « très dangereux » possédait toutes les caractéristiques d'une prison. Les hommes ne sortaient que très rarement de leur chambre grillagée et les infirmiers ressemblaient davantage à des gardes du corps qu'à des membres du personnel médical.

Anna entendit des hurlements qui ressemblaient à ceux de bêtes sauvages. Son père se comportait-il ainsi avant sa mort ?

- Bonjour !

Anna se retourna et observa le médecin qui se présentait à elle.

- Je suis le docteur Collard, responsable du service, je vous attendais.

L'homme chauve était tout autant baraqué que le reste de son équipe.

- Je viens chercher les affaires de Joan Perchowich.

Anna n'osa pas utiliser le titre de docteur. Son père en avait été dépossédé en entrant en ce lieu.

Collard se sentit obligé de se répandre :

- Votre père ne posait pas de problèmes majeurs et c'est pour cela que nous avions accepté de le confier à Josse.

Il attendait sans doute qu'Anna l'accable de questions mais elle ne voulait rien savoir de plus, elle voulait récupérer les affaires et ficher le camp.

Un infirmier apporta un carton qu'il remit à son supérieur.

- Voilà, c'est là tout ce qu'il possédait, vous trouverez une enveloppe à votre intention. Nous ne l'avons découverte que très récemment, c'est pourquoi nous vous la remettons seulement aujourd'hui.

Anna prit le carton et se dépêcha de trouver refuge dans le parc de l'hôpital afin de lire sa lettre.

Elle commençait ainsi :

Ma chère,

Si tu lis cette lettre c'est que je ne suis plus de ce monde. Tu comprendras qu'il me fallait trouver un moyen pour continuer à être auprès de toi, j'ai tué ton paternel avec un poison violent et je l'ai regardé agoniser, il a beaucoup souffert...

La bouche sèche, elle s'empressa de regarder la signature.

JL

Cela suffisait ! Sans prendre la peine de lire la suite, elle déchira la lettre et se dirigea vers la sortie.

Impressions Bordessoules
Achevé d'imprimer en mars 2010

N° d'impression : 899

Dépôt légal mars 2010